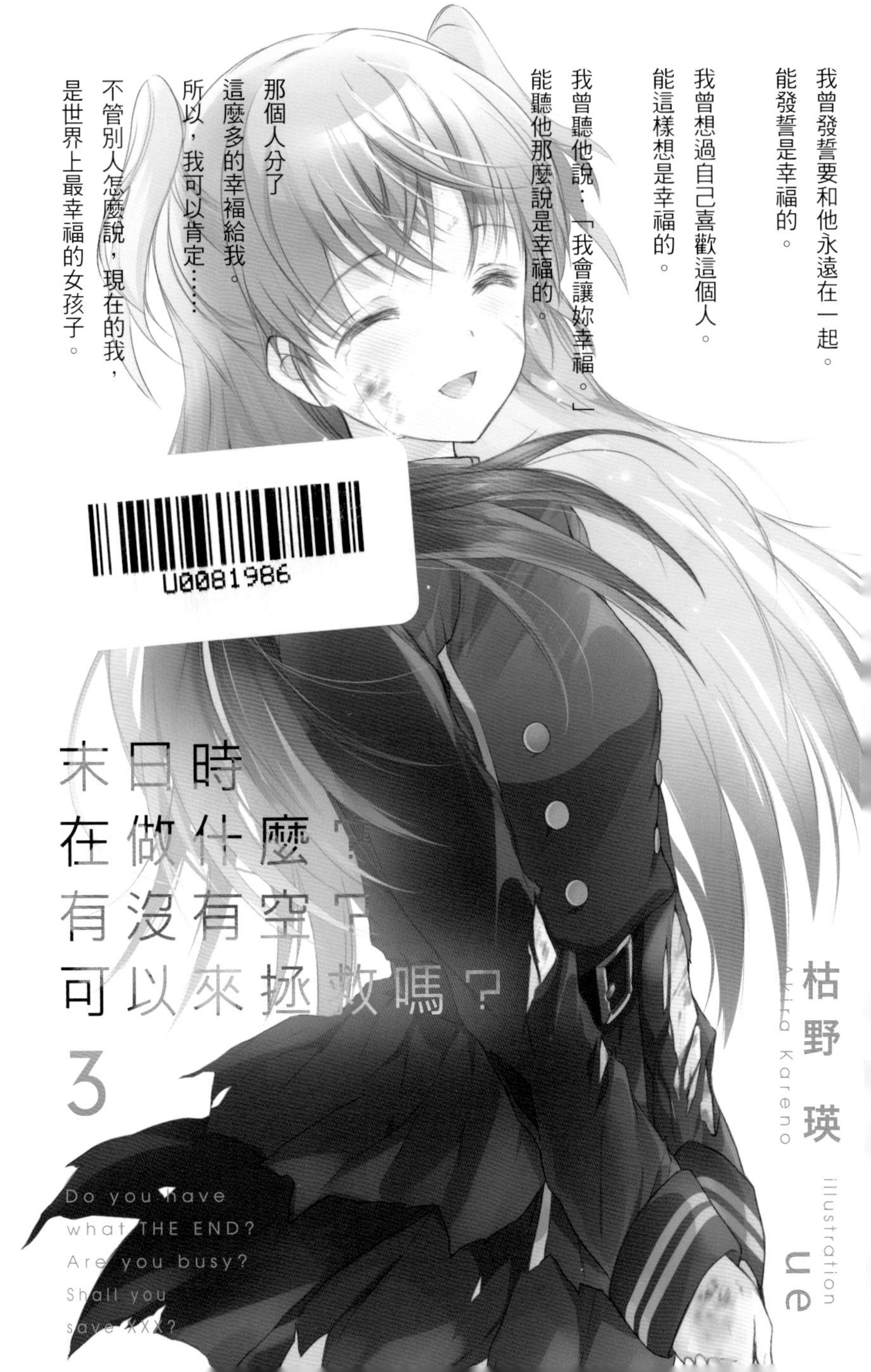

我曾發誓要和他永遠在一起。
能發誓是幸福的。

我曾想過自己喜歡這個人。
能這樣想是幸福的。

我曾聽他說：「我會讓妳幸福。」
能聽他那麼說是幸福的。

那個人分了
這麼多的幸福給我。
所以，我可以肯定……

不管別人怎麼說，現在的我，
是世界上最幸福的女孩子。

末日時在做什麼？有沒有空？可以來拯救嗎？

3

Do you have what THE END? Are you busy? Shall you save XXX?

枯野 瑛
Akira Kareno
illustration ue

「那妳告訴我。
珂朵莉表現得勇敢嗎？」
我出生時的狀況啊……
這不太好說。呃，我不是在賣關子，
我只是不記得啦。
出生以後，我似乎有好幾個月都在沉睡。
所以嘍，讓我想想。我最久以前的記憶是——是那個。
菈恩探頭看著我，還十分開心地露出笑容。
「她醒了！她醒來了耶！」
菈恩這麼說。
她當時有夠開心的。
我看見菈恩的反應，感覺心情也變得很愉快。我放聲笑了出來，笑得停不下來。
哎，對啦。這大概就是我最久以前的記憶。
……你那一臉賊笑的表情是怎樣，我講了什麼好笑的話嗎？

娜芙德・凱俄・狄斯佩拉提歐

菈恩托露可・伊茲莉・希斯特里亞
「我倒自認為已經有
表現出叛逆的態度就是了。」
當時我很雀躍喔。
接下來會發生什麼事呢，這個世界有
什麼好玩的事情在等著我呢？我滿心
都是這樣的想法。

咦，你那是什麼表情？
我們在談我剛出生時的心情，對吧？
是你問了我才回答的。
有那麼不搭調嗎？
我的個性又不是從一出生就這麼無
趣。
比如說藍天，比如說還沒讀過的書，
那樣的事物會令人覺得莫名遼闊。你
應該也曾有過類似的體驗吧？
我當時的心情肯定只是如此而已。
那是在我成為我以前，前世的某個人
將眷戀遺留於世的形式——
說起來，也就如此而已。

「威廉」
未來始終存在我們手裡。
從手中掉落下來的，
我們稱之為過去。

葛力克
某人的浪漫，
也會是某人的現實。
我們就是靠那樣彼此相繫。

末日時在做什麼？有沒有空？可以來拯救嗎？

3

枯野 瑛
Akira Kareno
illustration ue

Kadokawa Fantastic Novels

末日時
在做什麼？
有沒有空？
可以來拯救嗎？

contents

「在那場仗開始以前」

-regal braves-

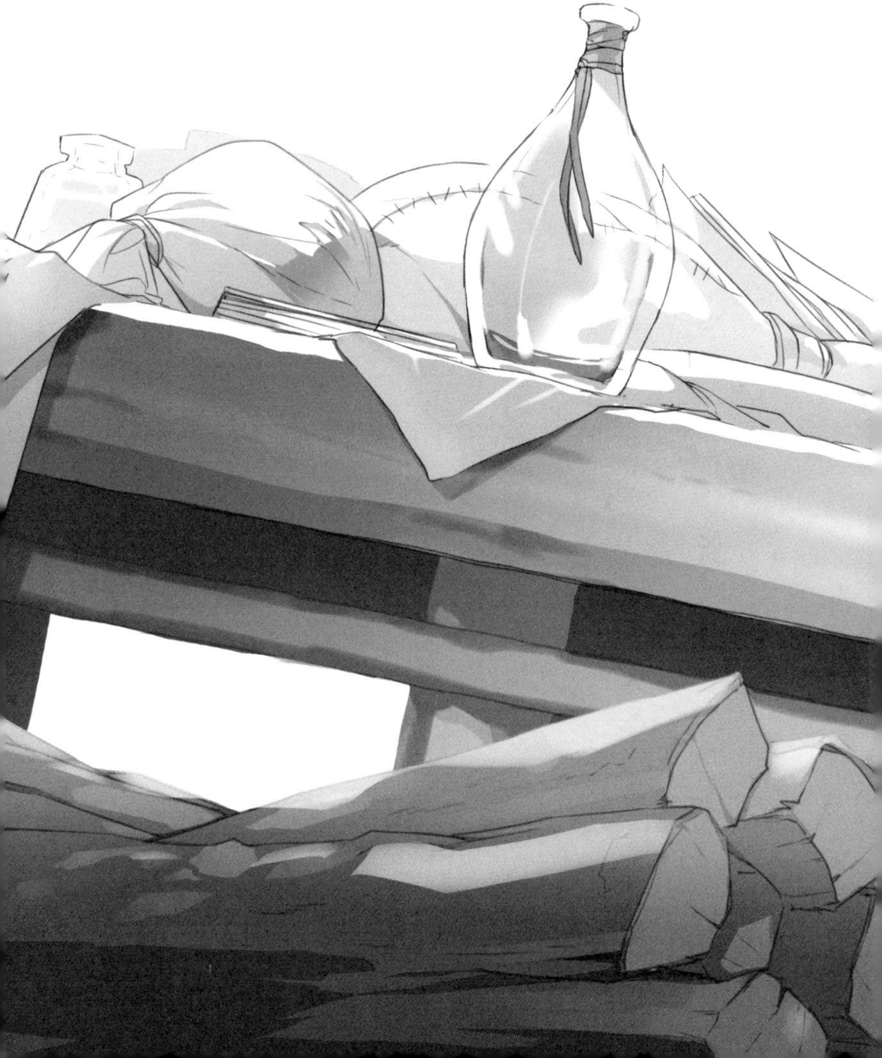

決戰前一晚。

大家談妥，至少最後要在各自想見的人身邊度過。

基於那樣的理由，為討伐讚光教會認定之敵性星神（Visitors）「艾陸可·霍克斯登」而集結的勇者一行人暫時解散了。

「……為什麼扯到最後，妳會跑來我這裡？」

許久未見的恩師一臉不悅地如此表示。

「因為～我既沒有家人又沒有情人啊。」

黎拉哈哈大笑地這麼回答。

帝都第六街區的一角，遠離騎士團巡邏路線的貧民街。被評為每走三步就會遇上一次扒手的這個區塊，黎拉的師父下榻的旅館就在這裡。

每走一步都會吱嘎作響的地板；滿布灰塵實在無法使用的暖爐；房內所擺的燈即將耗盡燃油，幾乎起不了照明的作用。這樣住一晚要收五枚銀幣是挺坑人，不過外頭招牌底下刻的山羊頭圖樣倒有其價值。那表示投宿這間旅館的房客，有這一帶的地頭蛇組織「紫山羊（Whisper）」保障人身平安。

「真要找個親近的人作伴時，我才發現自己頂多只想得到師父。哎～連我都覺得人生寂寥呢～」

啊哈哈哈哈——黎拉笑得刻意。

師父是個謎團重重的男子。他外表瘦弱，看不出多大歲數……要說三十像三十，要說六十也像六十。黎拉初次見到這名人物是超過十年前的事，但他的外表從那時候就幾乎沒變。甚至可以說，他看起來反而變年輕了。

不只年齡，出生及成長背景也不詳。而且，他還身懷不知從哪裡習得的百般武藝，見識更是廣闊得連成群帝都學者都敵不過。

那樣的師父甚為刻意地露出疲態，並垂下肩膀。

「……妳心愛的師兄去哪裡了？」

「威廉嗎，他說要回寇馬各和愛爾他們見面。」

「既然這樣，妳跟過去不就得了。可愛的師妹拜託，那傢伙鐵定不會拒絕。」

「啊哈哈，師父還是一樣很不會開玩笑耶。」

黎拉笑著將眉頭深鎖。

「要是我那樣做，那個笨蛋豈止不會拒絕，還會把我當真正的家人對待吧。」

她嚇唬人似的壓低聲音說。

「八成沒錯。有什麼不妥嗎？」

「世界大概會毀滅喔。」

沉默。

「雖然有拋下一切也想回去的歸宿，卻又曉得自己絕對回不去。我是如此。師父也是如此。歷屆前輩全都是如此。雖然不明白理由為何，但這就是當正規勇者（Legal brave）的最低條件之一對不對，那我有家可歸不就糟糕了嗎？」

「又沒有明文禁止。」

「就算那樣，我可是被讚光教會直接認定為世上最不幸的人，才獲得正規勇者頭銜的耶。所以要是我成了世上第一幸福的人，總覺得資格就會在瞬間被剝奪。

當然嘍，憑我渾身洋溢的才華與實力，多少還是能奮戰啦。但碰上星神——既然對方和某人屬於同類，光靠那樣實在贏不了。」

「不對吧，妳把世上第一的幸福說得太容易了。」

「我有一蹴可幾的信心喔，畢竟我只是個怕寂寞的人嘛。」

沉默。

「師父，你之前不是說過嗎。正規勇者的強大無人能及。因此，正規勇者肯定會受到孤立——是不是這樣來著？結果，你那些話大錯特錯耶。

我現在明明厲害到連自己都會怕，有個傢伙卻一直持續不斷地追上來。明知道絕對追不過，他卻學不乖。只要我稍微回頭，總會看到那傢伙。簡直讓人想大喊：『這是哪門子的三流驚悚情節啊！』那傢伙糾纏不休地一直追一直追，都不肯讓我孤單一人。」

「妳那麼討厭他嗎？」

師父傻眼似的問黎拉。

黎拉「唔～」地望著半空中，並且在心裡摸索有關威廉的字句。

「是啊，真的有夠討厭。即使長大了，腦子裡也還是個小孩；學了許多東西，卻在面對任何問題時都靠體力硬拚；只是比我早一點遇到師父，就擺出師兄的架子；以前明明還有點可愛，個子卻長高了；觀察力又不是不行，卻絲毫不懂女人心。」

「妳罵得真狠。」

哎，的確，黎拉自己也有同感。這些遷怒的話相當牽強。

不過這也沒辦法，不是嗎？假如不遷怒，黎拉．亞斯普萊就無法繼續討厭那傢伙。而且在停止討厭對方的那瞬間，她大概會無可救藥地墮落下去。

威廉．克梅修屬於無法忍受身邊有誰不幸福的那種人。況且他關心的對象還不分男女老幼。因此要是有人表示寂寞，想要他陪伴，他肯定就會照做。就算開口的是黎拉．亞斯普萊也一樣——儘管威廉八成會擺出難看到不行的臉色。

要是發生那種狀況，光是那樣，黎拉自己大概就會挺滿足了。她會拋下世界最不幸的頭銜。而且，肯定會有後續效應。

「…………」

讚光教會肯定會採取行動，他們應該會開始**尋找**下個夠格當正規勇者的人物。

之後的發展，黎拉不太願意想像。

「——沒辦法。無論用不用消去法，我總不能將最後一夜專程來投靠的弟子趕走。」

師父一邊搔頭髮，一邊抓起掛在破椅子上的大衣。

「反正這房間不適合長談，有話我們到有食物和酒的地方再聊。好久沒聽見妳最討厭的師兄有什麼英勇事蹟了，待會兒給我好好說一說。」

「嗯，好啊。師父知道這附近有什麼好吃的店嗎？」

「別太期待了，能端出像樣餐點的店還比較少。」

他一邊踏著吱嘎作響的地板，一邊將手伸向難開闔的門。

「對了，黎拉。真虧妳曉得我的下落。最近我應該也沒有向聯盟(Alliance)組織報告自己的動向才對。」

「嗯?啊，對對對。我找你找得滿辛苦的喔，嗯。」

……沒錯。循正常途徑，黎拉根本找不到師父本人的蹤跡。

前迪歐尼騎士國榮譽騎士暨前第十八代正規勇者。黎拉原以為如此有名的人只要在人前稍有動作，她立刻就能得到消息。

因此黎拉能在這裡找到師父，純屬巧合。

她本來在找的是其他人物。勇者一行人先前擊潰的反帝國武裝宗教組織餘黨，還有疑似準備率領那些黨羽著手新計畫的危險人物。

在調查過程現形的地點之一，就是這間旅館。

而且不知道為什麼，她之前遍尋不著的師父就下榻於此。

——黎拉希望這是巧合。她希望無條件信任自己重視的人。然而，黎拉並沒有純真到可以在這種情況下完全不對人起疑，她的立場更不容許她迴避責任。

「還有，剛才談了那些我才想到，我有件事想先和師父問清楚。」

「嗯，妳要問什麼？」

黎拉吸了氣。

然後吐氣。

心思鎮靜下來以後，她發問：

「師父，真界（True world）再想聖歌隊的現任指導者是你嗎？」

她的師父緩緩回頭。

黎拉沒有得到言詞上的回應，沒那種必要。光看見師父眼中蘊藏的警戒之色，她便知道自己的預測正確無誤。

——雖然黎拉絲毫無法為此感到高興。

「縱使日薄西山」

-slight light, slight hope-

1. 星空底下之下

這是遙遠以前的事。大地上曾充滿生命。

群樹繁茂，走獸奔騰，還有以人族(Emnetwiht)為首的眾多種族營生。

將那段繁榮時光輕易摧毀掉的，則是後世所稱的〈十七獸〉。它們不知從哪裡出現，幾乎將大地上可稱為生命之物破壞殆盡。

以往活在大地的生物全都消失蹤影。

人類滅亡，龍族(Drogan)滅亡，土龍族(Morrighan)滅亡，古靈族(Elf)滅亡。只剩離開大地逃往天上的極少數人勉強維繫著生命。

後來，經過了五百年以上的時間。

懸浮大陸群(Regulu Ere)這個保留給存活者的最後箱庭尚未完全沉陷。〈獸〉反覆展開的襲擊，目前仍有辦法及時應付。

借助人族留下的願望結晶，也就是聖劍(Carillon)之力。
並將性命短暫的少女一個接一個地派出消耗。

†

咒燃爐持續不斷的運轉聲，正隆隆作響地撼動娜芙德的下腹部。

這絕對有礙健康吧，她如此心想，離開窗邊。

窗外一片漆黑。在變得像鏡子的窗戶另一側，可看見有個眼神彆扭的小孩看似不高興地嘛著嘴望向這裡。即使和她互瞪也一點都不好玩。

「啊～可惡，好閒喔！好閒喔好閒喔！」

娜芙德倒在便床上，拍動著雙腿。雖然她明白使性子也解決不了什麼，身體卻還是會自己動起來。

這艘飛空艇——地表調查艇「虎耳草」目前正停留在離地表約五十卯哩遠的上空。

對大地造成威脅的〈十七獸〉全都無法自由飛翔。保持這種高度就是免受危險侵襲的法門。

然而，安全有時候等於無聊。

「大地上不是充滿著浪漫與冒險嗎！不是應該有鷹翼族（Falcon）公主被囚禁在百〈獸〉包圍的人族祭壇，等著王子前去救援嗎！不是只要朝灰色沙土一挖就有滿坑滿谷的寶藏，還會被山賊王的怨靈附身嗎！為什麼這裡都只有沙石而已！寶藏在哪，亡靈在哪，〈獸〉又在哪？」

「娜芙德，妳好吵。」

有人用平靜的聲音規勸。

娜芙德轉頭一看，菈恩托露可坐在旁邊的便床上，正讀著某本書。

「那是什麼書？」

「昨天從沙子底下挖到的出土品。我猜或許能當成消遣，就從倉庫偷偷借來了。」

菈恩托露可的嗓音聽起來往往不太高興，還常對別人講不留情面的話。因此，倉庫的年幼組也會怕她或者討厭她……不過試著相處以後，就會知道她這個人並沒有那麼壞，娜芙德如此認為。

雖然娜芙德也不把她當好人就是了，不過，那算彼此彼此。

「所以是古文書嘛。妳看得懂？」

娜芙德從菈恩托露可背後將她摟住，然後隔著肩膀探頭一瞧。

那確實是本書。儘管顏色稍微變了樣，裝訂仍保持良好，看起來也沒有脆化。保存狀態算得上相當不錯。

書頁內容也進了娜芙德的眼簾，但不知道是否該說正如所料，在她看來那只是意義不明的成串符號。

「嗯……稍微懂單字的意思而已。」菈恩托露可用纖細手指捏起餅乾口糧說：「還不到能正確理解含意的程度。不過，純粹當成將單字和單字連在一起想像其內容的拼圖來打發時間，還算是滿有意思。」

從背後壓過來的體重讓她露出有些不悅的臉色。

「哦。上面寫什麼？」

「我說過自己只是靠想像的吧？」

「沒關係啦，把妳的想像告訴我。接觸有關古代的記載並展開想像力的羽翼，感覺就很浪漫迷人不是嗎？」

唉——菈恩托露可一臉傻眼地嘆氣。

娜芙德很清楚對方的表情是抱怨歸抱怨，扯到最後還是肯耐心地聽她耍任性時的臉。

「——名為人類的物種原先並不存在。創造出他們，是星神最初且最大的過錯。」

「什麼跟什麼啊。」

「我說過啦，用這本書想像出來的內容就是如此。從序文所見，開頭的大意似乎大致是如此。」

「是喔。從人族的遺跡會找出那種玩意兒，難道說，表示他們也自覺有錯嘍？」

「不，當時的人族似乎也把這視為危險的思想。以現在的懸浮大陸群來說，大概類似於至天思想吧。」

至天思想。娜芙德有聽過。

據說眾人目前所住的懸浮大陸群不過是個通過點，我等非得遠離汙穢的大地，抵達那遙遠的星空才行……大意差不多是這樣的一套思維。

只是倡導倒也不會造成太多實際的危害，但信奉者當中卻有不少人涉及偷竊飛空艇及非法改造等情事，因此在許多懸浮島都成了警戒的對象。

「然後——」菈恩托露可用纖細指頭撫過書頁表面：「獸……將人類……封印於真實

……這大概要反過來解讀。人類解放了獸，將充滿灰色真相的世界……不對，使其充滿世界……？」

「噢。」

娜芙德挺身向前。她的體重也必然會壓在菈恩托露可背後。

「娜芙德，妳好重。」

「那是在說大地被〈獸〉毀滅的故事對不對？好厲害，那不就是預言書嗎？」

「誰曉得呢。這似乎是大量生產的書籍中的一本，感覺像童話或教科書或教義經典一類。既然這樣就不該當作預言，想成〈獸〉是配合書中內容製造出來的會比較自然。」

「原來如此。」

娜芙德在理解之餘順便伸長手臂，向菈恩托露可討了一片她在吃的餅乾。雖然乾巴巴的口感絕不算美味，用來排解嘴饞倒還算管用。

「這一段文章還有後續。呃……十六塊碎片……歌頌……真實世界的再想……與末日的救贖……海與母親……恐懼……耽溺……完整的心……呃，空隙……曉天……？」

這是什麼亂七八糟的內容啊？娜芙德偏頭。

內容並不成文章。是連有沒有關聯性都聽不太出來的成串單字。

「妳的想像力到哪裡去了？」

「不，這一段真的只是將單字排在一起。別說想像了，根本就沒有解讀的空間——」

有人敲響了門。

娜芙德皺眉，離開菈恩托露可身邊。

她們立場特殊。在這艘飛空艇上的人都明白這點，沒有人想跟她們親近或扯上關係。因此不可能會有人來這個房間。若有例外，應該僅限這艘飛空艇陷入不靠她們就無法應付的天大危機時而已。

不過那樣的話，艇內也太安靜了。即使豎起耳朵，也只能聽見咒燃爐的運轉聲。聽不見半點慘叫、怒吼、警報或砲擊聲。

「要進來就進來，門沒鎖。」

娜芙德一邊戒備，一邊朝門外開口。

門把被轉動。

「——這裡就是船團護衛的待命室嗎？」

綠鬼族（Borgle）男子緩緩現身。

對方身穿重視耐用性且只顧實用價值的服裝。看起來實在不像軍人。話雖如此，卻也不像生意人。

「我是想和為了防備〈獸〉襲擊才找來的護衛談談……唔，這裡就只有妳們兩個小姑娘嗎？」

「我不曉得你是什麼人，但現在立刻給我出去。」

菈恩托露可用冷漠的嗓音放話。

「按照船團規定，調查隊成員禁止與我們接觸。接近這間船室本身就是不被允許的事才對。站哨的人在做什麼？」

「啊，妳問的那個傢伙過去玩牌欠了我一屁股債。我拜託幾句以後，他就睜一隻眼閉一隻眼啦。」

綠鬼族咧嘴露出和氣的笑容，然後毫不猶豫地踏進房間。

「哎呀，忘了自我介紹。我叫葛力克，是民間打撈者，不過這次受到奧爾蘭多商會聘用，從今天起與這支調查隊會合，擔任類似顧問的職務。哎，雖然我本來並不是這塊料，算情勢所逼吧。

……那麼，兩位小姑娘的名字是？」

「誰理你。再說也沒人問你叫什麼。」

娜芙德用手肘拄在腿上，還托著腮幫子揮手趕對方走。

「既然你受僱於人，更應該避免做出違背商會想法的行為，不是嗎？」

菈恩托露可大概是有樣學樣，也跟著揮手趕人。

「那碼歸那碼，這碼歸這碼啦。自己往後的安危要交到他人手上，至少總會想跟對方打聲招呼吧？」

「……大叔，你說這話就怪了。」

娜芙德瞇細眼睛。

「在這裡的人只有我們兩個。如你所見，我們是屬於無徵種的女孩子。難道我們看起來像是可以從世人畏懼的〈獸〉侵襲下保護船團的勇猛戰士嗎？」

「關於那個嘛，坦白講我現在還是半信半疑，可以的話我也不想相信。不過——」

綠鬼族用手朝豎在牆角的大劍包裹一指。

『帶著遺跡兵器（Dagr weapon）的小姐們』，這點與我聽說過的傳聞太過一致了。記得妳們是叫黃金妖精（Leprechaun），對吧？」

「什麼嘛，原來你知道那麼多啊。」

「前陣子我碰巧有機會得知的……另外，我可沒老到要被人叫成大叔。」

「你至少比我們大好幾歲吧。」

話是那麼說沒錯啦——葛力克一臉無法接受的表情。

「啊，對了，我還帶了算是伴手禮的玩意兒。既然船團一直待在大地上，妳們都沒吃到什麼像樣的食物吧。拿去，這是我從三十一號島出發前在港口攤販買來的鮮肉派。」

葛力克將掏出的包裹擺到桌上。

娜芙德頓時晃了晃肩膀，目光直盯住包裹，嘴裡饞涎欲滴，肚子咕嚕嚕地叫個不停。

綠鬼族說得沒錯。她們離開懸浮大陸群在船團擔任護衛的這一個多月來吃到的不是肉乾就是口糧，盡是些利於保存不占空間卻沒滋味的東西。正常烹調的餐點讓人想念得不得了。

「要長期降落在大地，就該花心思在吃的上面啦，這對打撈者來說可是常識。籌辦這次調查計畫的那些人對這方面根本不懂。

……啊，為了保存久一點，我有叫店家多加些香草，不過還是麻煩妳們盡快解決掉。可以的話最好在今天就吃光。」

娜芙德的喉嚨發出咕嘟聲。

但是，總不能在這時候屈服於食慾。她盡可能集中精神力，斷絕對包裹投注的目光。

接著，她用快要泛淚的眼睛直接瞪向綠鬼族。

「開什麼玩笑，我們才不會屈服在那麼簡單的賄賂——」

「那我們來享用吧。」

「——上啦！喂！菈恩！」

娜芙德帶著盈眶的眼淚看向旁邊的好友。

「幹嘛吃他那一套啦！我們不應該收這種東西吧！」

「因為聞起來很美味嘛。老是一直吃口糧之類的東西，我抗拒不了這種誘惑。」

「我懂妳的心情，也對妳說的完全贊同，不過正因為如此才更不能輸給誘惑吧！」

「綠鬼族的味覺和我們大有不同，要是退回去只會白白地讓鮮肉派腐壞。不如……」

菈恩托露可眼神變得銳利，露出笑容。

「反正我們剛好也閒得發慌，陪他聊聊天無傷大雅吧？」

……唉。沒救了。

娜芙德領悟到，自己再多說什麼應該也沒有意義。

菈恩托露可一露出這種使壞的臉，就沒有任何人能改變她的意志。大約半年前，連最固執的珂朵莉跟她鬧翻時，結果也是珂朵莉先低頭。

珂朵莉。

……娜芙德想起了不願回憶的名字，內心隱隱作痛。對方是她的同事，也是煩人的學姊，也是互相打架的夥伴，更是再也見不到的家人。

當她們像這樣在大地上消磨時日時，原本預測的出擊日期已經過了。天上遭到特大號〈深潛的第六獸(Timere)〉襲擊，珂朵莉將會前往迎戰，並且奉獻出性命誅討敵人。

按照規劃在預測到的戰事中捨棄性命。那就是黃金妖精的本分。沒必要畏懼，也不必傷心。

只是，即使她們在大地忙完這些爛差事回到天上，那個囂張嘮叨，有著一頭天藍色頭髮的女孩也已經不在了，這讓人感到有些落寞。

「娜芙德，妳怎麼了嗎？」

「……沒事。既然妳那樣說，就隨妳高興吧。」

娜芙德倒向便床。

她還若無其事地把臉從兩人面前轉開。她不想讓人看見自己現在的表情。

「我要把鮮肉派吃掉了喔。」

「留一半下來。」

「真拿妳沒辦法耶，我明白了……呃，先生，你叫葛力克對不對？你會被請來擔任顧問，表示你當打撈者已經好一段時間了嗎？」

「哎，對啦。我有信心自己做這行比生手要久。」

「那麼，你也有遇過〈獸〉嗎？」

娜芙德的背頓時抖了一下。

「這個嘛……」葛力克沉思似的用手指按著太陽穴回答：「我被排行第二、第三、第六的〈獸〉襲擊過。假如只有遠遠看過的也算在內，還可以加上第五獸和第十一獸吧。」

「那麼多喔！」

娜芙德猛然起身。眼淚不知道縮去哪裡了。

「明明連我們都只有對付過〈第六獸〉耶！」

「畢竟我不像妳們要正面迎戰啊。每次我都是火著尾巴逃命才能回來的。」

「——即使如此，我想你還是比我們更加通曉〈獸〉的存在。」

「我不覺得自己對它們有熟悉到通曉的程度就是了。藍髮的小姑娘，難不成妳有關於〈獸〉的問題想問我？」

「是的……」

菈恩托露可一邊撕開鮮肉派的包裝，一邊用平靜的嗓音發問。

「我一直覺得事情很奇怪。

被逐出大地經過五百年。我們始終遭受〈十七獸〉擺弄，存活至今。從〈獸〉的獠牙底下一路逃離的歷程，幾乎可以直接稱作懸浮大陸群的歷史。

儘管如此——對於那些〈獸〉的事情，我們知道得實在太少。」

娜芙德心想：又來了～

菈恩托露可的腦筋至少比娜芙德來得靈光。

所謂腦筋靈光，指的可以是慣於思考，抑或擅於找出思考的題材。或者，那指的是面對任何事都非要找出自己能接受的答案才善罷干休。

想了也沒用的問題，能不去思考應該是再好不過。

「……那些〈獸〉到底是什麼呢，我能不能請教你的想法？」

思考不用思考也無妨的問題，追求不用知道也無妨的知識。

菈恩托露可就那樣用她的雙眸，筆直地望著葛力克的琥珀色眼睛。

2. 夢的結束，夢的開始

那座「倉庫」位於懸浮大陸群六十八號島的森林深處。

從文件上來看，那裡是護翼軍名下的設施，據說也收藏著許多同為護翼軍名下的貴重兵器。至少這並非虛言，但也難以說是正確地敘述了實情。

建造在那裡的是足以住進將近五十名人員的像樣兵舍。而且，收藏在那裡的——或者應該說生活在那裡的，則是超過三十名年歲未長的少女。附帶一提，管理維持費幾乎全由奧爾蘭多商會出錢，實質上的管理員也是奧爾蘭多的職員，而且地圖上根本一直都明目張膽地將該處記載為奧爾蘭多商會的第四倉庫。

今天，那座倉庫也迎來了早晨。

強烈主張自身存在的黎明光輝透過窗簾將房裡照亮。鳥兒吱吱喳喳的啼聲很是聒噪。

珂朵莉從床鋪撐起上半身，茫然地望著天花板。

記憶彷彿蒙著霧靄，她想不起昨晚以前的事。

「唔～……」

珂朵莉用指背輕輕搓揉眼皮。

她的背脊自個兒打了哆嗦。冬天早上冷，穿著睡衣發呆太久或許會著涼。

要不要起床呢？

珂朵莉用依舊昏沉的腦袋，想回憶今天有什麼規劃。可是她想不起來。印象中暫時沒有出擊的預定。既然如此，完成每天固定的訓練教程後，剩下的應該都是自由時間。那值得慶幸。現在珂朵莉只想用盡有限的所有時間，花費一切可用的自由，緊跟在他的身後。

——他。

黑髮青年的身影浮現在珂朵莉腦海。

昨天晚上的記憶受其觸發，隱約復甦了。

「……唔啊。」

對了，自己當時昏倒了。

遭受前世侵蝕的珂朵莉陷入昏睡，原本恐怕再也不會醒來。之後她不知為何又清醒了，還當眾黏著威廉哭得唏哩嘩啦，肚子更餓得咕嚕叫，她飢腸轆轆地喝掉菈琪旭貼心端來的燕麥粥，強烈的睡意隨即湧上，然後便呼呼大睡。

「唔哇啊啊啊。」

怎麼搞的嘛。

怎麼，自己是只靠食慾和睡眠慾活動的生物還什麼來著，只會順從本能所求行動嗎？在眾目睽睽下黏著威廉也是本能的一環嗎，理性消失到哪裡去了？丟臉也該有限度。她的臉燙得像要著火。

不過……

食慾和睡眠慾都是活著才有的念頭。證明了這副身軀往後還想活下去。如此一想，好像倒能讓心情積極起來。不對，事已至此，就當成這樣吧。否則在精神上會一蹶不振。

珂朵莉輕輕拍了拍熱燙的臉頰，然後重新看向四周。

這裡不是自己的房間，而是醫務室。

應該是有人幫忙將在走廊突然睡著的她抬到了這裡。那個人大概……不，幾乎可以肯定就是威廉沒錯，不過別深究好了。她會喜不自勝地嘴角上揚。

珂朵莉·諾塔·瑟尼歐里斯是最年長的妖精兵，是個成熟的女性。她非得扮好小不點們憧憬的對象。雖然她的形象似乎早在各方面都毀了，不過正因如此，才更要避免讓自己繼續失態。

起床吧。然後趁著還沒有被別人看見，先用冷水洗把臉好了。在珂朵莉這麼想著，把腳伸向地板的瞬間——

「哎呀？」

門開了，有個紅髮女子走進房裡。

「看來妳這次確實醒過來了，太好了。」

對方個子很高。年紀比珂朵莉要大一些。大概二十歲左右吧。外表明顯是個成熟女性，表情卻有些稚氣，搭配在身上的衣服則是鑲著荷葉邊的襯衫及圍裙。

「威廉非常擔心妳喔。一會兒問妳是不是又陷入長久的沉眠，一會兒問妳這次會不會就一睡不醒了。他還堅持要守在旁邊直到妳醒來，說都說不聽，因此我只好硬把人趕走。」

女子一邊用拖鞋鞋跟「噠噠噠」地蹬在地上，一邊走進醫務室當中。她拉開窗簾，換掉花瓶的水，然後將日曆的日期更新一天。

「哎，畢竟妳睡得一臉笑容洋溢，呼吸脈搏和其他生命跡象看來也都不要緊，我就先讓妳躺進醫務室了。怎麼樣，有沒有哪裡不舒服？」

「咦？啊，那個……」

一瞬間，珂朵莉無法理解對方是在跟自己講話。

她眨了一下眼睛。

「妮……戈蘭……？」

「咦？」

「啊，不是的。沒事。」

珂朵莉連忙揮起雙手。

對了。這個女子名叫妮戈蘭。她是奧爾蘭多商會派來的，在這座妖精倉庫頂著備品管理員的職稱，負責照顧年幼的妖精（備品）們。

「怎麼了，妳睡迷糊了？」

「嗯，好像是……」

珂朵莉總覺得腦袋運作得不太靈光。早晨的陽光和威廉的名字，似乎還不足以喚醒她那曾經大睡特睡的腦袋。

「身體倒沒有不舒服，可是腦袋昏昏沉沉的。我去洗把臉——」

「學姊！」

原本半開的門砰地完全打開了。

「學姊並沒有顯靈！學姊～～！」
有個綠色頭髮的嬌小少女像飛箭一樣地衝過來，並且黏住珂朵莉。
「呀啊！」
「喂。不要給大病初癒的學姊添太多負擔。」
從後面又有個紫色頭髮的少女現出身影。
「……緹亞忒，潘麗寶。」
珂朵莉確認似的叫出兩人的名字。
她茫然地俯望著拚命貼在自己腹部附近的少女的後腦杓。
「對不起，珂朵莉學姊。」潘麗寶低頭賠罪：「在學姊壞掉這段期間，緹亞忒似乎一直靜不下來。像昨天晚上也是，她後來好像幾乎沒睡著。」
「是那樣嗎？」
珂朵莉聽完說明，又問了緹亞忒一聲，卻沒得到回答。
即使用手戳也沒有反應。
把緹亞忒轉過來確認以後，才發現她不知不覺中已經睡熟了。
「我懂了。」

晚上沒睡著的說詞似乎確有其事。被學妹愛慕至此，珂朵莉不知道該說是高興、溫馨、愧疚或心疼。

「想到有人喪命就靜不下心嗎？」

——而且，或許也有一點點悲傷。

「妳也長大了呢，緹亞忒。」

據說黃金妖精是尚未理解死亡就先夭折的嬰孩遊魂所化成。所以嚴格來說，她們並不具生命。更因此無法對死亡產生畏懼的本能。而且也欠缺憐憫他人死亡的內心悸動。

然而，那是她們在年幼時的情形。

妖精在歲數累積的過程中，心靈會逐漸產生變化。隨著身體開始接近成人，等到她們開始持劍上戰場的時候，對死亡就會有相當的理解。頭腦將變得有能力認知那是無可挽救的喪失，同時也是令人難受且傷心的事。

若從其他種族的立場來說，那就是成長。是值得歡喜的事。

然而對黃金妖精來說，那就是難過的事。為了在戰場上消耗才誕生茁壯的性命。假如要一一慨嘆每條消失的生命，心靈會無法承受。就因為這樣，有許多妖精會裝作沒發現自己內心萌生的那種情緒，而且不願意正視。當成不需要的東西並加以否定。當成必須克服的障礙並加以抑制。

緹亞忒所選的路不屬於任何一邊，既然這孩子會直直地面對難以習慣的情緒，將來肯定會吃到許多苦頭吧。

「像這種時候，妳應該坦然地為她的成長高興喔。」

珂朵莉吃驚地抬起頭。妮戈蘭正溫柔地笑著。

「難道說我剛才把心裡想的事情講出來了嗎？」

「這點心思我懂。妳以為我在這裡看著妳們幾年了呢？」

……啊，原來如此。

剛才珂朵莉對緹亞忒所懷的情緒，和她的學姊過去對自己所懷的情緒一樣。妮戈蘭則是一直都在旁邊關注她們。

「總之，先讓緹亞忒睡在醫務室（這裡）吧。珂朵莉……剛才妳不是要去洗臉嗎？」

「啊，是的。」

「既然這樣，妳就順便到餐廳吃早餐，讓大家看看妳充滿精神的臉吧。接著，妳再回來這裡。」

妮戈蘭指了指地板。

「妳看起來是挺有精神，但不能大意。雖然靠這裡的設備能做的事情有限，還是來做個簡單的健康檢查吧。」

「啊……」

對了，那是非常重要的事情。為什麼她自己沒有想到那些呢？腦袋果然運作得不靈光，得讓腦子醒過來才行。

「也對，就那樣好了。」

珂朵莉扒開黏著自己睡熟的緹亞忒，讓她躺到床上，然後輕輕地拍了拍自己的臉振作精神。

「……嗯？」

潘麗寶一副不可思議地發出疑問聲。

「這是代表心境的變化或什麼嗎？」

「咦？」

她指著一撮頭髮——珂朵莉的。

在天藍色長髮中，只有那一撮混了紅髮在裡面。

「咦，這什麼啊？」

珂朵莉試著用手搓揉，可是顏色褪不掉。她還試著拉扯，可是那並非接髮之類的花樣。即使透過窗口的光細看，仍可以看出這確實是自己的髮色，只知道似乎並不是因為某種染料才讓頭髮變色的。

「或許是這次昏睡的後遺症。我想妳不用太擔心喔。畢竟體毛及頭髮會隨著季節轉變或發育而變色的種族並不罕見。」

妮戈蘭插話。

「再說顏色很漂亮，保持那樣別染掉是不是也不錯呢？」

是那樣嗎？

原本珂朵莉就沒有多喜歡自己的髮色，顏色變了就變了，那無所謂。要是只有一小撮變紅，應該也不用擔心會變得跟她現有的衣服不搭調。何況——

「而且，威廉一定也會說他比較喜歡不勉強打扮的妳吧。」

「拜託妳別讀我的心思好嗎！」

抗議聲有大半成了慘叫。

†

我是什麼？珂朵莉如此思索。

答案好像很單純，卻又有一點複雜。

黃金妖精。沒死透的死靈。並未活著的生命。為了擁有純正生命的人們，要拋棄自身一切的作戰兵器。

適用的遺跡兵器為瑟尼歐里斯。年方十五。誕生於九十四號懸浮島的森林中。

……單戀的歷史，即將滿月。

3. 我回來了

他們一早就去市場買了食材回來。

採購的戰果裝在麻袋捧個滿懷，袋裡有大量麵粉、奶油、蛋、牛奶、砂糖，還有少許的蜂蜜、堅果、水果乾。

陽光從葉隙灑落，威廉·克梅修正走在森林中的小徑上。

鋪設範圍聊勝於無的石板道荒廢失修，處處可見各種雜草從石板的縫隙探頭。路況實在無法說是好，但只要沿著這條路走，至少就不用擔心會迷路。

「請問，那個袋子會不會重？」

走在旁邊的菈琪旭關心地看向威廉的臉。

「別小看大人，這點東西連行李都稱不上。」

威廉一邊回答，一邊用雙手重新捧好特大號麻袋。

「還是說，要不要我順便把妳扛起來？」

「哇哇，不用那樣子，我心領了。」

菈琪旭連忙伸出雙手揮了揮。

「呃，因為我有打工，走這條路已經習慣了。」

這些少女——妖精們在名義上是歸軍方所有的「祕密兵器」，其行動自由大受限制。假如沒有要執行某項作戰，她們甚至不准離開這座六十八號懸浮島活動（雖然也有人默許她們用自己的翅膀飛到鄰近懸浮島）。

不過，從另一方面來說，她們只要待在六十八號懸浮島，就保證可以過得挺自由。

「妳在麵包店打工，已經好一陣子了嗎？」

「呃，差不多快半年了。剛開始我老是闖禍，不過最近也有得到老闆誇獎喔。」

「哦。」

那間位於市區的麵包店，是由一個感覺難以取悅的中年男性獸人經營。不知道是否本來就長成那模樣，他總是一臉不開心，看起來倒不太像會稱讚別人的那種人。

「他希望我在白天也能幫忙看店，不要只是早上過去幫忙做麵包，還叫我乾脆去當他們家的小孩。」

「哦。」

「……威……威廉，請問你怎麼了嗎？表情好恐怖耶。」

沒事的。不要緊。威廉明白自己很冷靜。他不會把那種明顯是客套話的詞當真。是的，斷然不會。不會歸不會，或許日後他得找一天到那間麵包店打招呼。

「哎，那碼歸那碼。虧妳能得到打工的許可。軍隊一般是不會認同軍人有副業喔。」

嚴格來講，她們是兵器而非軍人。還有正常來想，會認同兵器有副業的軍隊也一樣匪夷所思……話雖如此，威廉自己就置身於兼職當軍人的複雜處境。在立場上也不方便對此多追究。

「軍方的高官……在你來之前的上一個管理員，好像對這件事擺過臉色。不過妮戈蘭幫我們說服他了。」

「啊～……原來如此。」

這些少女在名義上是歸軍方所有的兵器。然而，她們在實質上則是奧爾蘭多商會保有的私人財產。軍方派來的管理員純屬裝飾，實務方面是由商會指派的人員負責照料管理。以現狀而言，那個人就是妮戈蘭。只要她想讓妖精們上街打工，就算軍方管理員有所不滿，應該也無法扳倒她的意見。

「啊……威廉也是軍人嘛。你覺得這樣不應該嗎？」

「嗯？」

「呃，我們只是軍方的兵器，卻還像普通人一樣工作賺錢……」

「喔，妳是問那個啊。」

的確，基於身穿軍服的立場，威廉自己或許也該對這件事擺臉色就是了。

「無傷大雅吧。既然小孩子表示找到了想做的事，先不提支持與否，至少大人的責任就是別插手阻擾。只要沒發生出賣機密或盜賣軍品之類的狀況，我不會反對啦。」

「哇……真的嗎！」

一看就可以曉得菈琪旭整張臉都亮了起來。

「呃，威廉，我好喜歡你。雖然妖精沒有父母，我也不太懂那種感覺，不過要是有『爸爸』，我會希望是像你這樣子的人。」

好喜歡，是嗎？

讓人坦然地感到高興，也可以正面接受，用來表示好感的話語。

「我心裡倒已經有一半是以妳們的父親自居了。」

「這樣啊，嘻嘻。」

笑容開朗的菈琪旭害羞了。威廉也跟著她笑。然而——

「……啊，不過那樣的話，是不是也要有『媽媽』呢……雖然我很喜歡妮戈蘭，但你還是要配珂朵莉學姊……」

一如往常，對於菈琪旭嘴裡嘀嘀咕咕的那些恐怖內容，威廉都希望當成沒聽見。

†

妮戈蘭在平時穿的圍裙上面，多披了不知道從哪裡拿出來的寬鬆白袍。

「這是我在綜合學術院領到基礎醫術及烹飪證書時一起領到的。」

原來她有那些證書啊，珂朵莉有些訝異。

醫術及烹飪。要在這間妖精兵舍擔任主管，都算是極為重要的技能。正因為妮戈蘭是在兩方面都有心得的才女，才能隻身接下管理這座兵舍的職務吧。

「披上白袍，幹勁也來了，這次的健康檢查會做得比較正式喔。」

於是就如她所宣布的，較為正式的檢查開始了。

從全身的叩診觸診開始，時而用燈光靠近眼睛確認眼球活動；時而服藥檢查並詢問感覺；時而抽取少量血液；時而聽妮戈蘭講出「總覺得啃一點肉就能了解更多」這種玩笑話。

「唔～……」

取樣，寫診斷書，然後再取樣。在持續這些動作的過程中，妮戈蘭的臉色像是混合了驚訝與困惑，逐漸變得曖昧難辨。

「我該不會得了什麼難治的病吧？」

納悶的珂朵莉一問——

「唔～不是那樣，雖然不是那樣，等會兒好嗎？」

只有得到同樣曖昧的一番話當回答。

檢查告一段落。

妮戈蘭雙手捧頭，趴在桌面上。

「……怎麼回事，妳檢查出什麼了？」

珂朵莉一邊將原本脫掉的上衣穿好一邊問。

「純化銀粉末的檢驗結果呈陰性。」

霍地起身的妮戈蘭回答。

「——呃，那是什麼意思？」

珂朵莉戰戰兢兢地問。

傳聞銀有辟魔之力，她聽說過。那可以讓吸血鬼(Vampiric)無法近身，或者斷絕食人鬼(Troll)的無窮生命力，諸如此類的傳說數也數不清。

然而，那些其實幾乎全是迷信。

實際上，銀只是脆弱又不穩定的金屬。對毒素或瘴氣立刻會產生反應，變質成黑色。但反過來說，把銀當成探查那些危險異常因子的工具就相當方便。既沉重又難用的銀製餐具之所以會在有錢人之間風行，據說就是因為要提防下毒或遭遇類似的不測。

不過，那碼歸那碼，跟目前的狀況又有什麼關係？

「純化銀是使用特殊灰燼加工過的銀，它對一般毒素不會有反應，要接觸到扭曲的死亡才會讓它變色……簡單來說，就是用來檢測死靈(Ghost)或屍鬼(Ghoul)一類的藥劑。」

「死靈。」

珂朵莉咕噥出聲音。

她稍作思索。

「呃……妳說的那些，是什麼意思？」

珂朵莉將口水咕嚕嚥下以後，又問了一次。

「……難道說，真的是那個意思？」

「當然，就是那個意思。雖然不曉得為什麼會變成這樣，不過要是只整理出結論與結果，也只能那麼說了。」

妮戈蘭輕輕地搖了搖拿在手上的試管。當中的白銀色物體沙沙晃動。

「如妳所知，黃金妖精是一種死靈。所以要是把妳們的血混入這種試劑裡，應該瞬間就會變成全黑才對。沒想到現在卻毫無反應，既然如此，結論就只有一個。」

她所說的道理簡明易懂，正因如此，更沒有質疑的餘地。

「換句話說，現在的妳並不是黃金妖精。」

「……等一下。我聽不懂那句話。」

每個人本身的種族，正常都是在出生時就決定，到死都無法改變的對不對。不會有某天突然說『我不當食人鬼了』，然後到公所辦完手續就能在隔天變成其他東西的事吧？」

「雖然我好奇妳為什麼要用食人鬼來比喻，但一般而言是那樣沒錯。」

「那為什麼會這樣？」

「我根本不曉得原因喔。剛才說過了吧，要是只整理出結論與結果，事情就是那樣。要是不請專門的醫生看診，也說不出更詳細的情形。」

「可是那樣的話，我……」

遺跡兵器——別名聖劍——是早就滅亡的物種「人族」才能使用的神兵利器。然而，黃金妖精生來就是「代替人族運用其道具」的存在，儘管她們終究只是代勞，卻能像人族一樣揮舞這種古代兵器。

那就是妖精們被當成對付〈獸〉的決戰兵器，而擱在這座妖精倉庫的理由。

「是啊。或許妳也不要再直接觸摸遺跡兵器會比較好。畢竟不知道會發生什麼後果。……我沒有嚇唬妳喔。妳也曉得和人族相差懸殊的種族光是觸碰遺跡兵器，就會對生命造成威脅吧？」

珂朵莉曉得。因此，爬蟲族(Reptrace)士兵幾乎都不會主動靠近她們。有膽識像灰岩皮那樣和她們近距離相處的人僅占一小部分。

「雖然現在的妳也是無徵種，看起來和人族似乎並沒有相差太多，然而那也不是光看外表就能下定論的事。」

珂朵莉明白。考慮到事有萬一，她就不能胡亂冒險。

可是……

珂朵莉．諾塔．瑟尼歐里斯，是她適合使用遺跡兵器「瑟尼歐里斯」才得來的名字。假如再也不能碰那把劍，這裡就只剩不具任何力量或價值的珂朵莉了。

「……不能用劍，我就沒資格當妖精兵。」

「是那樣沒錯。」

妮戈蘭一邊在診斷書結尾寫了些什麼，一邊隨口附和。

「既然我不是妖精兵，就必須離開這裡才可以。」

「啊～……我懂了，妳會那樣想嗎？」

女食人鬼蹙眉相勸：

「哎，別那麼說，留下來吧。反正靠一兩張文件就能解決，何況妳也沒有想積極離開的理由對不對？」

「可是——」

「不准說妳沒事可做喔。記住，懷有夢想和野心的女人在人生中是沒有『無聊』這兩個字的。」

嘖嘖嘖——妮戈蘭搖指把話說得似乎頗有一回事。

「妳好好地回來了。而且，妳現在人待在這裡。不好好珍惜這一點可不行喔。」

「聽妳說那些，我一下子也無法調適……」

「也對。總之妳要不要在出嫁前先磨練自己？」

…………………

「咦？」

「說正經的，大約再過三個月，威廉能留在這裡的契約就到期了。原本他的差事就只是用來掩飾這裡沒有軍方負責人，所以根本沒有規劃過契約展期的手續。不過現在失去他，對我們而言就虧大了。妳明白吧？」

珂朵莉明白那一點。明白是明白。

「當然嘍，依那個人的性子，只要大家叫他留下來，我想他就不會離開這裡了。可是，光靠那樣不夠。還需要更實際，更能讓他明確地把這裡當成自己家的某種牽絆。妳懂吧？」

珂朵莉好像懂，又好像不懂。

「放養牛羊的時候，都要先教會牠們在晚上自己回小屋吧？」
抱歉，那樣比喻就完全聽不懂了。
「再說人族的血脈好不容易在現代復甦，斷絕在他一個人身上也嫌可惜吧？像這種時候即使把食用的問題擱到一邊，還是會希望讓他娶妻成家生子，不是嗎？」
慢著。先等一下。在討論懂與不懂以前，珂朵莉覺得那是她不應該了解的問題。
「其實我想過，自己在這種時候是不是也可以志願當新娘人選——」
「那樣不行！」
砰。被踢倒的椅子在地上發出響亮聲音。珂朵莉臉頰熱燙。
妮戈蘭大吃一驚的表情慢慢地變成壞心笑容。
「不行嗎，為什麼？」
照以前從威廉本人口中問到的說詞，他喜歡的類型是有包容力的年長女性。慘就慘在那是珂朵莉再怎麼掙扎也無法滿足的條件。而且只看那項條件，至少妮戈蘭就完全符合。
「……因為，我沒有勝算。」
「會嗎，我們在這方面似乎有一點點所謂的歧見耶。」
妮戈蘭微微聳肩。

「既然如此，妳就拚死成為好女人，然後趕快抓住他的心吧。要是妳拖拖拉拉的，小心被我或其他女生捷足先登喔？」

她一邊笑，一邊說出這些話。

啊，原來如此——珂朵莉心想。這就是所謂成熟女性的包容力嗎？

感覺像讓人再次在眼前賣弄自己所欠缺的魅力。

†

早餐時間過後，小不點們都前往操場接受基礎訓練課程，威廉便趁機占據廚房了。

他在軍服上披圍裙，頭上綁三角巾，還將清早從市場採買回來的大量材料擺到桌上。

接著，威廉烤了大量的奶油蛋糕。

作戰中最重要的是想像力——威廉如此認為。應求的勝利具體而言指的是什麼狀況；其前後可以料到會有什麼樣的事；抵達目標的過程會被要求哪種條件？只有在腦中能將這些問題全想好的人，才能實際掌握所要的未來。

身經百戰的威廉不會大意。比方說，他如此預料：首先，妖精倉庫的小不點們肯定也會表示她們想吃這塊奶油蛋糕。這是付給珂朵莉生還的報酬，就算像這樣說之以理，要讓所有人都接受應該有困難。而且依珂朵莉的個性，在那種狀況下就沒辦法獨占蛋糕。她絕對會想分給其他女孩吧。因此，要讓珂朵莉吃到足夠的奶油蛋糕，最少也得先將她以外的份烤好。

結果究竟如何呢？

少女們結束今天的基礎訓練課程，累得東倒西歪地聚集到餐廳以後，就發出了「呼喔喔喔喔喔！」、「咿呀啊啊啊啊啊！」這種動物般的怪叫聲。餐廳滿是甜蜜的香氣，桌上則有剛烤好的大塊奶油蛋糕正微微散發出熱氣。那樣的魅力足以讓活潑少女將理性全拋到九霄雲外。

眼神發亮如野獸，鬆開的嘴角彷彿隨時會有口水滴下來。當少女們快被食慾逼得像妖魔鬼怪傾巢而出時——

「吃點心的時候也要守規矩，好嗎？」

真正貪吃的妖魔鬼怪（妮戈蘭）笑咪咪地這麼告訴她們。

少女們安安靜靜地就座，然後乖乖等著切好的蛋糕裝盤端到所有人面前，經過向星神簡略祈禱以後，她們就一起抓著叉子將蛋糕同時送入嘴裡，眼睛全為此閃閃發亮。

很好，第一波火力掩護成功。接著要刻不容緩地朝珂朵莉一個人集中開火——威廉順勢將餐廳看了一圈才赫然發現：最要緊的藍髮妖精看不見人影。

「你要找珂朵莉的話，她大概在房間。」

奈芙蓮一邊嚼呀嚼地動著臉頰，一邊亮著眼睛告訴威廉。

「怎麼搞的，剛才我應該已經先找人叫她過來了。」

「你想嘛，她會在一些奇怪的地方愛面子啊。」

用手肘拄著桌子托腮的艾瑟雅轉頭看來。

威廉想起了以前聽過的傳聞。據說珂朵莉．諾塔．瑟尼歐里斯在妖精倉庫的餐廳用餐時，絕不會多點一份甜點。

話雖如此，要問到她是不是討厭吃甜食，似乎倒也沒有那回事。

因為學姊是大人啊——緹亞忒自豪似的說。照她的說法，珂朵莉似乎認為心花怒放地狂吃甜點是小孩子的行為，成熟女性就會冷冷地表示「不用了」。威廉覺得那才像小孩子會有的見解，不過他把感想保留下來了。

那是在顧面子啦——艾瑟雅說完便壞心地笑了笑。據說珂朵莉身為妖精倉庫最年長的妖精士兵，會希望盡量讓自己看起來年長一點，讓學妹認為她值得依靠，才費盡心思逞強給人看。說起來實在很像她的作風，威廉心想。

總之因為那麼回事，據說住在這間倉庫裡的妖精們全都沒看過珂朵莉吃甜食的模樣。

「哎，不是什麼大問題啦。技官你就親自把蛋糕送到她房間，度過屬於你們兩人的甜蜜時光就行了。」

「別講得像什麼見不得人的事一樣。」

威廉輕輕戳了艾瑟雅的額頭。

十分鐘後，珂朵莉的房間。

「……所以，為什麼只有妳這個要角沒來餐廳？」

「呃，那是因為……我不太想被其他女生看見我吃這類東西的樣子……」

「不對，我聽了才更想問那是為什麼。」

「你想嘛，那樣不是很孩子氣嗎？尤其我在吃那類東西時，表情好像都會變得鬆垮垮的。身為年長者，我想把那一面藏起來嘛。」

結果威廉聽到了正如先前掌握的藉口，還有正如他所料的答覆。

唉——

「怎樣，你為什麼嘆氣？」

「我覺得妳講究那種無關緊要的小事實在很孩子氣。」

「啥！」

威廉將切成扇形的一盤蛋糕擺到正想站起來的珂朵莉眼前。

甜蜜的香氣飄了上來。

眼裡頓時消氣的珂朵莉彎腰坐回椅子上。

「需不需要順便沖杯紅茶呢，小姐？」

威廉一邊忍著笑意，一邊幫她添上叉子。

「……奶油蛋糕？」

「是啊。」

雖然不曉得珂朵莉為什麼要用疑問句，威廉仍對她點頭。

「……麵糊裡摻了果實？」

「我想讓味道和口感多一點變化。」

珂朵莉蜻蜓點水似的探頭從右觀察到左。

「……看起來好像很好吃。」

「實際上也很好吃。」

「……這我可以吃吧？」

「那還用問。話說妳以為我是幫誰烤的？」

珂朵莉盯著蛋糕。

她將叉子的前端淺淺地戳進去。

好似劈開山頭那樣，她把蛋糕分成一口的大小。

然後，珂朵莉用發抖的手，戰戰兢兢地把那送到眼前。

「…………………」

她下定決心，將蛋糕含進嘴裡。

『好啦好啦。ＯＫ。我會讓妳吃蛋糕吃到怕。』

威廉想起他們在那一晚的口頭約定。

他終於可以信守承諾了。

同時，威廉也讓這個女孩代他完成了自己以前沒辦到的事。在守護他人的戰鬥中活下來。回到自己的歸宿。還有……

——好好地聽等候的人說一聲「你回來了」。

珂朵莉動嘴巴咀嚼。喉嚨微微發出「咕嚕」的聲音。

「有奶油蛋糕的味道。」

「那當然，因為妳吃的是奶油蛋糕啊。」

威廉說完聳了聳肩。

滴答，大粒淚珠落在珂朵莉腿上。

「雖然拖了這麼久……我也知道現在才這麼說已經遲了……可是……可是我真的回來了啊……」

珂朵莉她們三個回到妖精倉庫以後，應該早就過了十天左右的時間。要是從戰事結束那時候算起，經過的時間便多於兩週。

明明如此，這女孩卻到現在才深深體會著那樣的事實。

威廉並沒有親眼目睹十五號懸浮島的戰場。

所以，他不知道這個約定對珂朵莉來說成了多有份量的事。他只能一無所知地揣測。

「妳很賣力。」

威廉只能一臉懵懵懂懂地對她投以老套的慰問詞。

「對呀……對呀……我非常……努力喔……」

只見珂朵莉盈出的淚水滴滴答答地逐漸將衣角沾濕。

「對不起……我好像，根本嚐不出味道……我想大概很好吃，可是，腦海裡卻只會冒出其他字句……」

「是嗎。」

威廉在肩膀微微顫抖的珂朵莉身旁思索。

換成自己在她的立場，會變成什麼樣？

簡單說——儘管這當然是絕對不可能成真的事情——假如威廉自己能守住過去和愛爾梅莉亞的約定，狀況會變成怎樣？要是他成功保護了想保護的人事物，回到想回去的歸宿，還用女兒做的絕品奶油蛋糕將肚子填得飽飽地當作證明，到時自己會變成什麼樣？

威廉覺得他大概會顧不了羞恥或顏面放聲大哭。

威廉更覺得養育院的孩子們應該會毫不手軟地賞他一頓擁抱和親吻。即使孩子們被嫌吵嫌痛嫌煩的他推開，八成還是有人說什麼都不會放手。

「要吃還有。別客氣，妳盡量吃喔。」

「嗯……我明白。雖然我明白，可是心裡卻覺得好飽。」

珂朵莉遲遲沒動手吃第二口。

拿妳沒辦法。威廉苦笑，然後輕輕將手掌擺到珂朵莉頭上。

他沒有被珂朵莉抗議：別把我當小孩子。

「雖然我昨天也說過這句話，不過從許多角度來看似乎都嫌晚了——歡迎妳回來，珂朵莉。」

「唔啊……」

叉子從珂朵莉的手指中滑落。

她一邊打了好幾個哭嗝，一邊緩緩抬起臉。

深藍色眼睛被接連湧現的淚水濡濕。

「我……回來……了……」

珂朵莉用額頭貼到威廉的腹部。

眼淚的熱度隔著軍服的衣料傳來。

「我終於……說出來了。」

「是啊。我終於聽見了。」

威廉輕輕地拍了拍對方的後腦杓。

依偎著威廉哭泣的珂朵莉身體一直在發抖，甚至讓人覺得，那不是單純因喜悅所致。

4. 寒冷季節裡的溫暖日子

據說二樓走廊深處最近會漏雨。

實際過去看過以後，可以曉得那看來需要做一些木工活兒來處理。正式修理得在日後到鎮上找業者動工，目前先做應急處理應該就行了——

「……嗯～？」

仰望著天花板的威廉偏頭。

「怎麼了，有看見什麼奇怪的東西嗎？」

珂朵莉循著他的視線看過去，卻沒有發現什麼特別不對勁的地方。上了年紀的屋頂底板一如往常，已經變色發黑。

「沒有，我覺得之前好像也遇過這樣的情景。」

「是喔？」

珂朵莉稍微試著追尋記憶。

『————』

她想不起稱得上與這類似的記憶。

「我想你之前修理的是被可蓉踹破的牆壁耶。」

「倒不是那個意思啦……哎，算了。想不起來就表示沒有多重要。」

威廉將脖子的關節轉得喀喀作響。

「記得上次用的木板和釘子還有剩……欸，妳曉不曉得木槌放在哪裡？」

「上次你是不是也問過一樣的話，都已經忘了喔？」

這麼說來，或許真有那麼回事。

「抱歉抱歉。所以說，東西在哪裡？」

珂朵莉笑著數落「拿你沒辦法耶」，然後張開嘴巴，準備要講些什麼——

『————』

「……奇怪？」

木槌所放的地方。她肯定曉得在哪裡才對。可是，腦海裡的印象卻浮不出來。

「怎麼了？」

「對不起，呃，那個……我好像也忘記了耶。」

「搞什麼啊，連妳也忘啦。木槌的存在感還真是薄弱。」

「對……對啊……」

珂朵莉一邊困惑，一邊點頭。

她在心裡微微感受到寒意，還告訴自己：這沒什麼大不了的吧？

「呃，不用那麼在意吧。既然我們倆都忘了，隨便找第三個人問就行啦。對不對？」

「嗯……是啊，也對。」

威廉待人溫柔。雖然說，他有不知道該說是笨拙還是不懂得跟女生相處的部分，即使如此，只要像這樣待在威廉身邊，就會知道他非常努力地在為她們著想。他的想法會傳達過來。

所以，珂朵莉想待在威廉身邊。她想跟他相伴相依。她想對他撒嬌。

珂朵莉勉強自己笑著。

「走吧。我想大概在一樓或二樓的庫房。」

「喔，了解。」

威廉轉身，然後邁步前進。

珂朵莉凝望著他空著的左手。要是自己現在跑去威廉身旁握他的手，他會被嚇到嗎？

排斥……感覺倒還不至於，可是會給他正面印象嗎？

這麼說來，之前奈芙蓮在十一號懸浮島摟住威廉手臂時，他固然沒有排斥，臉色卻變得有些困擾。假如自己現在抓住威廉的手，還被他擺類似的臉色，總覺得會有點討厭。

珂朵莉一邊煩惱，一邊比威廉晚了半步向前進。

「呼喔喔喔喔。」

緹亞忒從走廊轉角探出半邊臉，似乎正在亢奮什麼。

「感覺有大人的氣氛……」

在同一個轉角同樣探出半顆頭的菈琪旭臉紅。

「哎呀，從她晚了半步才跟上看得出來喲。那不是出於含蓄，單純只是變成兩人獨處就不知道該怎麼拉近彼此的距離。」

保持相同姿勢的艾瑟雅傻眼。

「妳們幾個，我全部都有聽見喔。」

珂朵莉稍微拉高音量開口，直直排在一起的三顆頭就統統躲到牆後面了。

†

從珂朵莉醒來以後，過了五天。

她的身體狀況並未出現什麼明顯的問題。

雖然珂朵莉並沒有接納妮戈蘭的提議，但現在她失去妖精兵的作用，也沒有其他事可做。她把以往自己用於鍛鍊或其他方面的時間，直接投注到其他事情上了。簡而言之，就是指導學妹們進行訓練，還有幫忙妮戈蘭之類。

†

珂朵莉用小碟子盛湯，然後確認味道。辣得有一絲刺激舌尖的感覺。還不錯。可是，考慮到羊肉加下去的份量感，或許調味可以再強烈一點。

她切碎香草，把那灑到鍋子裡。

「……又是香辛料重的肉類菜色啊。不知道是誰愛吃的喔？」

艾瑟雅嗅呀嗅地問了一句，不過珂朵莉用「除了輪值下廚的人以外不准進廚房！」為理由把她攆了出去。順帶一提，這條規則只適用於妖精兵，妮戈蘭和威廉，現在加上珂朵莉（本著輔佐妮戈蘭的名義）都可以隨意使用廚房。

用來搭配的蔬菜類是不是煮得鮮甜一點比較好呢？至少那樣會比較迎合小不點們的口味，但重點是要判斷是否合他喜好，情報就略嫌不夠了。

沒辦法。今天就直接把菜端上桌測試，然後觀察他有什麼反應好了。明天好過今天。後天好過明天。只要確實地不斷成長，遲早可以成為心裡所期望的自己才對。

「我覺得只為了抓住一個人的胃就把廚房占為己有是不好的喔～」

由於從廚房外面傳來那樣的風涼話，珂朵莉扔出湯勺把人趕走。

†

少女們跑著。

據說北邊的天空能看見許多流星。

今天天氣晴朗，空氣也澄淨。縱非如此，既然悅目的繁星要為夜空增色，那就不容錯過。

問題在於要從哪裡仰望流星。餐廳的大窗，幼兒房窗口，還是正門玄關的長椅？不不不，想也知道從那些寒酸的地方看天空能有多少情趣。她們不是還有頂級的特等席嗎？妖精倉庫有樓頂。白天晴朗時會有大量清洗衣物任風飄揚的那塊地方，在晴朗的夜晚應該會成為絕佳的瞭望台。

少女們活蹦亂跳地匆匆跑著。她們爭先恐後衝過走廊，都希望自己才是從最棒的位置投入夜空懷抱的人。然後——

「妳！們！給！我！站！住～！」

緹亞忒正一手抓著浴巾追在她們後面，一面扯開嗓門。

「洗完澡以後要馬上把頭髮擦乾啦！妳們這樣會感冒吧！」

實在正確。有道理。不過年幼的小孩就是每次只要有一項東西能勾起興趣，便會甩開正確性以及道理自己動起來。假如是不把自身健康放在心上的妖精孩童，那就更不用說了。

少女們跑著，濕漉漉的髮浪隨風翻飛。水滴飛濺。緹亞忒追在後頭。

「我！叫妳們！站住了吧！」

緹亞忒抓到其中一個人，就用浴巾把對方整個包住，使勁擦到乾。其他孩子在這段期間仍不停地跑，感覺實在抓不完。

即使在倉庫外頭，也能聽見緹亞忒奮鬥的聲音。

「那傢伙當大姊當得滿稱頭的嘛。」

威廉坐在長椅上，茫然地仰望著夜空發出欽佩之語。的確，緹亞忒才十歲，個子矮又短手短腳，想法和行為都稚氣未脫。那樣的她會表現出年長風範，在珂朵莉看來倒也有些意外感。

然而，並不算令人驚訝的事情。因為珂朵莉看穿了其中玄機。

「那大概是在學我。」

珂朵莉嘻嘻笑了。

「因為直到前些時候，都還是我像那樣追著她。」

「原來如此，那就可以理解了。」

依然仰望著天空的威廉溫柔地瞇細雙眼。

同樣仰望著夜空的珂朵莉則頻頻偷看他的臉龐。總之，威廉看起來似乎一派自然。相鄰坐在同一張長椅上的這種情境，讓她心臟跳得挺快，這個男的卻好像沒那種反應。感覺不太甘心，卻又讓她覺得這樣有這樣的愜意，心情妙不可言。

「對了，當初遇到妳的時候也是那種調調。哎，雖然我曉得沒有久到會懷念的地步就是了。」

「咦……？」

『——無數滾』『動的』『玻璃彈』『珠』

「對喔，之前要問卻錯過機會。那時候，妳怎麼會在二十八號懸浮島？」

……………

「而且妳是出現在集合市場街（Market medley），以觀光來說，挑的地方也太內行了。當時妳該不會是在那附近和〈獸〉打完一戰，正準備回來吧？」

………………

「畢竟那一帶的建築不分縱向橫向都隨便亂蓋，治安也不好。成天有鬼東西從頭頂砸下來，大多是水壺（Kettle）或油罐（Oilcan）就是了，偶爾也會有雞隻之類的東西掉下來替晚餐加菜。」

……………………什麼？

「不過那次是我頭一次遇到女孩子掉下來，實在嚇到了。」

……………………他講的……是什麼時候的……事情？

珂朵莉不曉得那件事。明明可以想像出那應該是寶貴的回憶，記憶中卻沒有。她並不是忘記了，也不是缺了那塊記憶。

珂朵莉理應認識的自己，已經不在了。

「……珂朵莉，怎麼了嗎？」

「啊……呃，那個。」

她在回話時詞窮了。

即使把剛才實際閃過腦海的奇妙感覺直接轉換成言語，她也沒有自信能順利表達出來。不，更重要的是，她害怕讓威廉幻滅。她怕被威廉發現自己現在根本沒有讓他珍惜的價值。

「奇怪……」

剛才那些想法，是什麼？

自己從剛才就在想些什麼？

威廉正在擔心。她得抬起臉告訴他：「沒事喔。」她得讓他安心才行。不能讓威廉起疑心。不能讓威廉發覺狀況有異。不能讓威廉知道真相。什麼有異，什麼是真相？她不懂。不懂卻又重要的事情。那是自己為了身為珂朵莉·諾塔·瑟尼歐里斯所不能退讓的底線。

「喂？」

威廉納悶似的探頭看了過來。

鏗。

頭頂上傳來不祥的金屬聲響。

珂朵莉反射性地抬頭。

妖精倉庫的樓頂被金屬扶手圍繞著。然而，那並不算多像樣的裝潢，何況那已經老舊不堪，光是稍微將體重靠上去就難保不會讓東西壞掉。原本明明有想過要盡早修理才可以，這陣子卻每個人都在忙，而一直延宕到現在。

在二樓樓頂的高度。可以看見有個少女剛落在半空的嬌小身影。在全是小孩的妖精倉庫裡仍算特別矮的個子，有一頭亂糟糟的檸檬色頭髮。

（阿爾蜜塔！）

高度並沒有多高，可是，反過來說，那也代表墜落時間短暫。並不是跑步可以趕上的距離。

威廉衝過去了。

他不是用那招叫鶩贊什麼來著的飛速身法。大概是因為距離太遠了。只要距離稍微遠一點，專門用於短距離衝刺的招式就派不上用場。然而憑凡人軀體的腿力趕路，終究不可能來得及。

珂朵莉用眼睛觀察咒力。

可以看見威廉體內有一絲催發的魔力正要燃起。

（哎喲，你這笨蛋——！）

珂朵莉使勁蹬地。

威廉身上到處都是舊傷，聽妮戈蘭說，那些傷勢重到「能活下來簡直不可思議」的程度。用那種身體催發魔力，等於是自殺行為。而且只要是為了保護寶貝女兒們，這個男人八成會一臉平靜地做出那種自殺行為。

所以，珂朵莉自己先催發魔力了。

珂朵莉大大地張開幻像之翼，一邊散發出蒼銀色燐光，一邊從高度相當於自己腰部的低空滑翔而過。她追過拔腿衝刺的威廉，並且扭身轉向天空，伸出雙手，驚險趕在少女撞到地面以前就將人摟進懷裡，然後蜷縮身體。

珂朵莉重重撞上地面。

衝擊。

即使如此，奮力衝刺的身體仍無法輕易停住。她數度撞在地面上，一連滾了好幾圈以後才撞到妖精倉庫的牆壁，動作總算停下。

「……呼。」

不能說不痛。然而，身體受確實催發的魔力保護，沒有造成算得上傷口的傷。她懷裡的少女難免被滾得頭昏眼花，不過人似乎也沒事。

「珂朵莉！」

威廉嘶聲趕來。

「真是的……別發出那種好像快哭的聲音啦。你是大人吧？」

珂朵莉起身，並拍掉肩膀和衣服下擺沾到的灰塵。

「我沒事。你看，阿爾……呃——」她輕輕晃了晃捧在臂彎中的少女說：「——這孩子也沒事。雖然弄得有點髒就是了。」

「問題不在那裡吧，妳胡搞什麼！會不會頭暈！手指感覺還在嗎！背脊沒有異樣感吧！」

威廉抓住她的肩膀並且靠過來。

「等……等一下！你靠得好近！這樣子我高興歸高興，可是感覺不對！重來！」

「聽好！魔力是與生命力相反的概念。催發魔力等於放棄自己想要活下去的力量。假如沒有在真的喪命前克制停下的技術，就不配自稱魔力使用者！」

珂朵莉當然懂那些概念。

對於有意識操控魔力的人來說是基礎中的基礎，談及常識前的常識。

「而且黃金妖精原本就缺乏活下去的力量。因此就算幾乎不控制本身的生命力，也能催發出強勁的魔力。」

「嗯，所以我……」

「妳現在不一樣吧！」威廉哭喊似的大吼：「還有，妳那是什麼魯莽的催發方式！不管是不是黃金妖精，像那樣動用魔力一般就會當場斃命！」

「咦……？」

這麼說來，確實是如此。珂朵莉聽威廉一說才察覺。

催發魔力類似於點燃火焰。要讓熊熊燃燒的火焰發揮力量，必須花時間和工夫將小小的火苗培育茁壯。完全不適合用於應付突發狀況。至少，道理上是如此。

跟胡不胡來或者危不危險並非同一層次的問題。

以原理而言，她明明不可能辦到那種事才對。

「我……我還以為，自己又會在這麼近的距離內，失去妳……」

「哎喲。」

珂朵莉從剛才就覺得自己腦子裡變得莫名其妙，思考的事情太多，威廉的臉太近，沒想到像這樣一看才發現他的睫毛好長，感覺滿令人在意，不對不對，重點不在那裡。

「冷靜點。」

珂朵莉輕輕地朝威廉甩了耳光。

她還順便甩自己耳光。她也一樣要冷靜。

「首先，我要把一樣的話還給你。假如我沒那麼做，你就先出手了吧？胡亂提高魔力催發的速度。畢竟我有仔細地看著你，我都看見了喔。」

唔——威廉的呼吸哽住了。

「還有，我沒事。頭不會暈，背脊也不要緊。手指有一點麻痺，所以好像並不是完全沒有後勁，不過這點程度的麻立刻就會好。」

「妳沒逞強吧。」

「哎，你都信不過我耶。」

珂朵莉咧嘴一笑，然後要揪著她肩膀的威廉鬆開手臂。

她抬頭看向樓頂，正如所料，扶手澈底壞了。緹亞忒趴在扶手旁邊，一臉快哭地看著他們這邊。

「沒事的，我把她接住了！」

珂朵莉向上面揮手，緹亞忒臉上才現出光輝。

「可是，因為很危險，所以樓頂暫時禁止進出！妳叫還待在那邊的孩子全部下來！」

「是……是的，我明白了！」

緹亞忒頓時站起來，開始把目前仍擠滿樓頂的小不點們趕下樓。上面交給她應該不會有問題。

「那我要帶這孩子去洗澡了。你去幫忙緹亞忒。」

「好……好啊……」

威廉遲疑似的點了頭。

幸好，桶子裡還留著許多溫熱的洗澡水。不必重新去取從河裡接過來的水，也不必再次催發魔力將水重新燒開。

所以說，珂朵莉就照著自己的宣言洗了澡。

她用起泡的肥皂水搓洗檸檬色捲髮。

在地上翻滾的過程中，細而輕柔的頭髮沾到了不少泥土。要好好清洗才行。

「那……那個——」

緊閉眼睛的那個少女戰戰兢兢地開口。

「對不起。」

「……要道歉，妳該向緹亞忒道歉，不是跟我。妳要是聽她的話就不會發生危險了。」

「是……是的……對不起。」

哎，她到底有沒有把別人的話聽進去呢？

珂朵莉免不了那樣想，不過也沒辦法。這個年紀的小孩一旦對闖禍要挨罵的事實感到畏縮，會變得沒辦法把心思放在闖禍的內容上是正常的。畢竟她根本對自己差點沒命這件事都不害怕了，八成連為什麼會挨罵都摸不著頭緒吧。

只要是生物，不管任何物種應該都會有想要活下去的本能。黃金妖精欠缺那種本能卻依然「活著」。她重新體會到，她們是扭曲的存在。

珂朵莉驀地抬頭。

妖精倉庫的浴室裡擺著大塊的全身鏡。那是妮戈蘭剛來妖精倉庫時主張「不管身為兵器或什麼都一樣，是女生就會想要打扮吧！」而擺設的東西之一。除此以外還有許多東西是她來這裡以後才增加的，但現在暫且不提那些。

「……咦？」

自己映在鏡子裡的模樣讓她覺得不對勁。

好紅。

紅的是什麼？是頭髮。昨天以前……不對，上一刻以前應該只占一小撮的紅色頭髮，在不知不覺中，增加到整體的三成左右了。

怎麼回事？珂朵莉心想。

妮戈蘭提過，有一部分獸人會隨著季節或成長而改變毛色，珂朵莉覺得狀況和那不太一樣。獸人的體毛應該會先脫落再重長，並不是原本長在身上的毛本身就會變色。換句話說，那跟自己的狀況屬於不同原理——

『紅髮的少女』『正』『看著這裡』

——這種感覺。

眾多荒謬而意味不明的意象閃過眼前。

對了。她記得。自己的模樣，看起來像自己以外的其他人。莫名其妙的嫌惡感以及失落感。還有——

「……**艾陸可**……？」

她想起了那個名字。

她只有想起名字。

「奇怪……怎麼回事……？」

身體在發抖。眼前景物搖搖晃晃。

「珂朵莉？」

滿頭泡沫的嬌小少女納悶地轉頭，正抬頭看著這邊。這孩子叫什麼名字？不知道。珂朵莉不曉得。明明妖精倉庫裡只住了三十多個居民，全都是她重要的家人。可是，為什麼會這樣？

「妳會冷嗎？」

不對。不是那樣。有其他的東西讓內心深處結凍了。可是，珂朵莉不知道那是什麼，也無法用言語表達。

†

想聽見你說「妳回來了」。

想好好地說出「我回來了」。

想吃到奶油蛋糕。

那些願望全都實現了。

回到該回的地方；見到想見的人。想做的事全部完成了。因此——

約定皆已達成。
緊追而至的末日，從身後悄悄地，將手搭上少女的肩膀。

「就算看不見未來」
-moonlit sorcery-

1. 無容貌的少女

我是什麼？珂朵莉如此思索。

珂朵莉·諾塔·瑟尼歐里斯。成體妖精兵。遺跡兵器瑟尼歐里斯的適用者。與人族唯一的生存者威廉·克梅修相遇，接受其教導，並且分到希望的人。

真的嗎？

……真的。

†

珂朵莉在半夜約了艾瑟雅出來。

「唔唔，好冷。早知道多穿一件衣服出來。」

港灣區塊旁邊的小山丘上。這裡的風總是很大，視野也不錯，因此只要有人接近立刻就會曉得。

「抱歉。我沒有打算談太久，原諒我。」

「……呼嗯？」

艾瑟雅打了哆嗦，然後瞇細眼睛，打量似的看著珂朵莉。

「為了談簡短的事情特地把我約來這種地方，表示妳想談的是即使有個萬一，也不想被別人聽見的那一類話題嗎？」

「嗯，大致上就是那樣。倒不如說，依妳的敏銳度，應該差不多知道是什麼事了吧？」

「不不不，我只比別人博學外加耳朵靈一點，並不是星神耶。哪可能什麼都曉得啊。」

艾瑟雅邊說邊把提燈擺到地上，自己也跟著坐下來。

「所以呢，其實我也有事情想跟妳確認。假如能讓我先發問，就算幫到我了。」

「……嗯，好啊。妳要問什麼？」

「妳是誰？」

好似在問今晚有什麼菜色的自然語氣。

珂朵莉的呼吸停頓一瞬。

「珂朵莉．諾塔．瑟尼歐里斯。」

她微微深呼吸以後，才緩緩地像在體會每個字音似的報上名字。

「沒搞錯？」

「不然我看起來像誰？」

「哎，的確。」

風兒褻玩似的撥弄珂朵莉的頭髮。

蒼藍色澤沒入黑夜之中，幾乎看不見。可是，混雜在她頭髮中的紅色似乎浮現了，看起來彷彿正在風中起舞。

「……既然這樣，我要問的問完了。接下來換妳，請說。」

「嗯。」

珂朵莉仰頭向天。看起來只像影子的黑雲速度飛快地從頭頂流過。雲後可看見有些朦朧的星空，以及看似有些黯淡的金色月亮。

「要怎麼商量這件事讓我煩惱了滿久，不過妳會那樣問我，是不是可以當作妳大致都看透了呢？」

「倒也不是。剛才那是在學技官的套話技巧，而且我目前敢說有把握的只有一件事。

妳的前世侵蝕症狀既沒有消失，也沒有停止。珂朵莉・諾塔・瑟尼歐里斯的人格與記憶正以現在進行式遭到**竊據**，對不對？」

「嗯。好像沒錯。」

珂朵莉抓住自己隨風亂飄的頭髮，然後抱到胸口前。

「發生前世侵蝕本身就是稀有案例，近二十歲之前就出現那樣的症況，更是稀有案例中的異類……是吧？

妳那時候的侵蝕症狀，也是像這樣演變的嗎？」

「好像是耶。畢竟我自己什麼也不記得，過程似乎也跟妳的情況差很多。」

艾瑟雅露出放鬆的傻笑。

她的笑容是假面具。這個女生想隱藏自己的內心時，總是會擺出這種看不出真正心思的表情。

「珂朵莉，妳們是老交情，妳也認識以前的**艾瑟雅**對不對？

既開朗又好事，愛糾纏到旁人受不了的地步，可是卻一點都不坦率，興趣是編故事，當成每天功課的日記一天也沒有少寫過。艾瑟雅・麥傑・瓦爾卡里斯就是那樣的女生。

我啊，是翻出她本人的日記來讀，才會知道那些的。」

啊——原來是那時候嗎？珂朵莉心想。

那是大約兩年前的事。艾瑟雅成為成體妖精兵沒過多久，就說自己得了感冒，有段時期在房間窩了好幾天。這個女生大概就是用那幾天的時間，拚命翻遍大量的日記簿。

現在回想起來，以那天為界，珂朵莉確實覺得艾瑟雅的性格似乎變了一點……好像有，又好像沒有。對了，當時她們並沒有要好到會聊那麼多。

「妳不會難受嗎？」

「那還用說。我以為自己要瘋了呢。有好幾次都想一死了之。不過，即使那樣做，這副身體原本的主人……真正的艾瑟雅也不會回來。

我唯一能贖罪的方式，大概就是在不被任何人知道的情況下，繼承這孩子被我抹消的人生，繼承『艾瑟雅·麥傑·瓦爾卡利斯』的存在本身……我就是這樣告訴自己才設法活到今天的。」

「所以我們都被妳騙了。」

「是啊。妳生氣嗎？」

珂朵莉不清楚。她在想，自己有生氣嗎？

她問了自己的心。沒有憤怒。甚至也沒有疑惑。啊，原來是這麼一回事——她只是冷靜得不可思議地對狀況感到釋懷罷了。

「日記啊。」珂朵莉坐到**艾瑟雅**旁邊說：「我是不是也寫一寫比較好？」

「依妳的情況，要不穿幫地交棒下去，大概有點勉強吧。妳想嘛，妳跟我的情況不一樣，連外表都改變了不是嗎？」

啊，對喔。

混在頭髮中的這些紅色，遲早會將她的藍色完全掩蓋掉吧。要是改變得那麼明顯，想徹底瞞過旁人疑惑的眼光似乎有些困難。

「基本上，妳想把自己的人生交給誰繼承呢？由我說這些也滿尷尬的，可是那等於讓妳以外的某人到妳自己想去的地方，然後讓某人待在妳自己想要的歸宿喔？」

啊，那樣子她確實會排斥就是了。

「反正想去哪裡的意念，還有想待在那裡的心願，很快就會消失了。惋惜也沒用吧。」

珂朵莉用力抱住腿。

「……或者，我現在趁自己還記得許多事的時候就去死，會不會比較好？」

「坦白講，那或許也是一種選擇。

明明要依賴心靈的歸宿而活，現在卻連那樣的歸宿都會失去。肯定比想像的更難受才對。」

「就是啊。」

珂朵莉把臉埋進雙腿之間。

她的肩膀被坐在旁邊的少女用手臂摟住。

「艾瑟雅，怎麼了嗎？」

「風這麼強，再說天氣也冷了。我體溫低，沒辦法像奈芙蓮那樣替妳取暖，請多包涵嘍。」

「……啊哈。」

珂朵莉自然而然地盈現了笑容。

「謝謝。妳還滿溫暖的喔。」

「那太好了，我活到今天算是值得啦。」

——換句話說，就是這麼回事。

不知道是種種巧合累積而成的現象，或者某人蓄意所致。然而，所謂的前世侵蝕，總的來說確實是侵蝕，更可演變為入侵。

侵蝕自我，毀壞精神，剔除記憶，扼殺心智……之後剩下的肉體，就會遭到在回想過程中復甦的前世心智篡奪。而且，那無關於前世之人的意願，一切都會自動進行並完結。

愛的奇蹟根本沒有發生。

或者說，即使發生過奇蹟，時效也已經快到了。

名為珂朵莉・諾塔・瑟尼歐里斯的少女，肯定就快消失了。

「對技官還是要保密嗎？」

「嗯。再說這些事被知道的話，會讓他操心。」

「就讓他操心啊。妳有那樣的權利。」

「或許吧。」

那不是不能考慮。不過要是那樣做，珂朵莉在剩下的有限時間裡，就會一直看著那個人煎熬的表情過日子。

她希望對方惦記她。

可是，那不代表她希望對方哭。

珂朵莉並不想讓自己添上悲劇女主角的身價而受到關注。

「畢竟，我還想幸福一陣子，也希望……那個人能過得幸福吧。」

「是喔。」艾瑟雅傻眼似的說：「從那種強調自己在戀愛的煩人調調就知道，妳啊，肯定是珂朵莉沒錯。」

「妳那是什麼分辨方式嘛，受不了。」

兩人望著彼此的臉，落寞地笑了出來。

「至少，妳千萬不能催發魔力。」

珂朵莉身旁的少女又用悠哉語氣說：

「當然嘍。我就是我，妳就是妳。

反正妖精這種東西沒什麼討論餘地，就是奇幻世界的產物。共通處只有『都是夭折孩童的魂魄淪落而成的』這一點。我和妳既屬於同族，同時也是完全不同的物種。同一套道理未必對我們都管用。不過，妳還是要聽聽我這點建議。」

「嗯。」珂朵莉點頭。

「當然，妳也不可以碰遺跡兵器。假如妳想盡可能留得久一點，最少要遵守這些。」

「嗯……我懂了。謝謝妳，艾瑟雅。」

「說到這個，妳都不問嗎？比方我真正的名字，還有我是什麼人，從哪裡來之類。」

珂朵莉覺得對方介意的事情還真是奇妙。

「妳**也**是艾瑟雅吧。既開朗又好事，愛糾纏到旁人受不了的地步，可是卻一點都不坦率。」

珂朵莉輕輕用指尖戳了艾瑟雅的鼻頭。

「妳是我們重要的同事，朋友。看起來不會像其他人。」

「呀哈哈，那就感謝妳嘍。」

艾瑟雅的笑容不能信。住在妖精倉庫的任何人都同意這一點。無論開心時或難過時，生氣時或疑惑時，她似乎總會先笑一笑了事，沒人信得過那種傢伙所做的表情。

但是。

偶爾相信她也無妨吧。現在，珂朵莉有這麼一絲認為。

提燈搖曳的燈火受到反射，有淚珠在艾瑟雅的眼角微微地發了光。

2. 戀愛的少女與心愛的女人

威廉作了個悽慘的夢。

夢境中，他的師父、納維爾特里和皇帝陛下面對面在喝酒。

三人對待女性各有其極端之處。因此，他們拿來下酒的話題自然就是女人。

單純是個色老頭的師父黃腔一開，用大白話聊起了胸部如何，屁股如何；自稱在去過的城市都有情人（大概是事實）的納維爾特里，講到了他在沙流聯邦跟美女認識的回憶；因為接二連三地染指女官（還有怕老婆）而聞名的皇帝陛下，則是用少年般充滿夢想的目光談論新進女僕有多麼純真。

威廉不想跟他們有所牽扯。

他剛那麼想，肩膀就在下個瞬間被三隻手抓住了。

也讓我們聽聽你的想法——納維爾特里用亂迷人的嗓音徵詢意見。

通通給我招——師父帶著有意糾纏的笑容湊了過來。

對了，聽說你前些日子和我姪女單獨見過面——皇帝陛下追究起荒唐的問題。

呃，我接下來有每天要完成的修行功課——威廉想逃，卻沒能如願。他沒兩下就遭到制伏，嘴裡還被灌進大量的酒，不一會兒便意識恍惚，自個兒將身邊女性的名字一個接一個地說溜嘴。

「——技官。醒一醒，技官。你怎麼會睡在這種地方？」

威廉．克梅修二等技官被人叫醒。

他轉頭確認狀況。

首先映入眼簾的是完全未經整理的一大疊紙張。接著映入眼簾的還是完全未經整理的一大疊紙張。無論將頭轉向左右上下，能看見的景物幾乎都不變。

換句話說，這裡是妖精倉庫的資料室。

「我還想你不在房間會跑去哪裡，窩在這什麼地方嘛，真是的。」

「……艾瑟雅嗎。」

枯草色頭髮的少女傻眼似的用手扠在腰際。

「對啦對啦，我是你的艾瑟雅·麥傑·瓦爾卡里斯。還有這時間再不去餐廳，就快要沒早餐吃嘍。」

「這樣啊……」

久久沒來資料室的威廉決定要整頓這個房間。

可是工程卻一如所料地難上加難，何止像大海撈針，他甚至連休息的空檔都找不到，似乎還不知不覺地在沙發睡著了。

「沒飯吃就難受了。」

威廉起身。

有個嬌小的少女從沙發滾落。

「……好痛。」

灰色頭髮的少女一面用平淡語氣抗議，一面坐到地板上。

「啊，奈芙蓮，我才在想這條毛毯怎麼暖暖的，原來是妳嗎？」

「嗯。這個季節會冷，我想你要是感冒就不好了。」

威廉覺得那確實有道理，也坦然地感謝對方的心意。

「謝了……所以說，怎麼連妳都睡在這裡？」

「嗯。這個季節會冷，我想你要是感冒就不好了。」

那就有點說不通了，而且感覺並不能坦然接受。

「可蓉從昨天就發燒臥床，緹亞忒和阿爾蜜塔也在打噴嚏。現在大概是稍微疏忽就會被傳染的時期。」

「感謝妳的體貼，不過妳要睡還是回自己房間睡。」

威廉輕輕戳了奈芙蓮的額頭。

默默看著他們一連串互動的艾瑟雅將眼睛完全瞇起來說：

「……只論情境會覺得非常不健全，可是為什麼看起來並沒有那種感覺？」

「那表示妳的心靈勉強算還沒有被澈底汙染。」

那我可以高興嗎？——艾瑟雅歪過頭。

「還有奈芙蓮，妳的待遇幾乎跟寵物一樣耶，那樣好嗎？」

「心靈支柱誠可貴。我覺得這是做得有價值的要務。」

「原來如此。」

艾瑟雅對這套說詞就坦然接受了。

「……好啦，快起來，要去吃早餐了。」

她硬是要仍然愛睏地揉著眼睛的奈芙蓮站起來。

「對了，技官。你最近跟珂朵莉怎樣？」

「妳問的是什麼意思？」

「碰到她表示得那麼積極，感覺怎麼樣呢，技官不見得對她沒意思吧？」

「我不否認，但妳這是多管閒事。」

「哎呀。」

威廉被艾瑟雅擺了意外的臉色。

「所以說，她的戀情其實有希望嘍？」

「人活著還摸得到脈搏，就會有希望。我又不是麻木的老人或者癖好特殊的人。她的年紀固然小了點，不過被可愛的女性示好，哪有男人會無動於衷？即使如此，我總不能領情，所以不就只好硬著頭皮撇清了嗎？」

「哦。」

……自己在說些什麼？他心想。

因為作了怪夢才會脫口說出奇怪的話。威廉察覺再扯下去會有危險，就閉嘴了。

「妳別跟她本人提這些。」

他咕噥似的只對艾瑟雅補充了一句。

†

「聽說你和奈芙蓮睡在一起？」

威廉走在走廊上，就突然被人揪著耳朵這麼逼問。

他忍著痛回頭，出現在旁邊的當然是藍髮——不，頭髮藍紅交雜的少女身影。珂朵莉帶著一看就曉得不高興的臉色，氣洶洶地往上瞪著他的眼睛。

坦白講，感覺很恐怖。

「受不了，妳們每個都一樣。」

威廉拍了拍揪住他耳朵的手，催促對方放開。

「盡把話講得那麼難聽，別這樣好不好？大人與小孩蓋著同一條毛毯呼呼大睡，會有什麼問題？」

「你和她的年齡差距並沒有大到可以賣老吧。」

「哼。我常常被看成年輕人，其實呢，我是在五百年前出生的耶？」

「我知道啊。我連你那五百年都在睡的經歷都聽過了。而且你講的藉口並沒有好到可以讓你擺一副『這話夠妙吧』的表情。」

唔，真的嗎？威廉本來有自信的，因此受了些打擊。

「哎，反正我想你也不可能邀奈芙蓮一起睡，八成是她自己鑽進去的吧。」

這還用說。

「但我還是不能接受。你之前不是誇口自己闖過許多驚險的場面，那為什麼別人都摸到身邊了，你都沒發現，你說自己就算睡著也能閃過刀子又是怎麼回事？」

「這是兩碼子事。我能嗅出的只有敵人。連不懷敵意的人都提防也沒用吧？」

「不然我問你，換成妮戈蘭要跟你睡，事情會變成怎麼樣？」

「我會在兩秒內把她從窗口扔出去。」

威廉把握十足地立刻回答。

這還用說。除非有心想自殺，否則哪有人會容許大刺刺地表明本身有食慾的食人鬼貼到自己身邊。

「看吧。你的應對方式和面對奈芙蓮時不一樣。」

「不等一下那不能相提並論吧即使沒有敵意有危險逼近我就會採取反應啊畢竟我又不

想死基本上以她的情況來說就算沒有敵意也還是具備廣義上的加害之意所以那方面我會嚴加防範。」

「你說得那麼快，讓人覺得很可疑。」

「……妳要我怎麼樣啊？」

威廉洩氣地垂下肩膀。

「不然我再問一句，換成我要跟你睡，事情會變成怎麼樣？」

「我當然——」威廉思索片刻。這時候要是隨便回答，之後大概就麻煩了。假如珂朵莉說要實際試試看，狀況會變得非常麻煩。「——會把妳趕走啊。」

他以為對方會生氣。

他以為會被質疑：為什麼奈芙蓮可以，我就不行？然而——

「唔。」

雖然珂朵莉一臉不滿，但她沒有繼續追究，還放開了揪著威廉耳朵的手。

「你要振作點。假如連小朋友都開始模仿就糟糕了吧？」

「喔……好？」

珂朵莉輕輕拍了威廉的背，然後碎步跑離走廊。

什麼跟什麼啊？

無法理解狀況的威廉歪頭。

他習慣應付小孩。可是，他不習慣應付女人。因為如此，無論以前或現在，他都不知道該怎麼應付年輕女孩。

然而，威廉不由得有種感覺。

「那傢伙……還是在勉強什麼嗎？」

儘管他完全沒把握。

可是珂朵莉看起來想表現得一如往常的模樣，給了他那種印象。

†

這天，妖精倉庫的管理者會議同樣在妮戈蘭房間召開。

盤子上有剛烤好的司康餅，並準備了三種果醬。擱在火上的水壺正精神十足地咕嚕作響。

「……可蓉的感冒還好嗎？」

「感覺還不太能安心呢。雖然燒開始退了，不過體溫依然偏高。明天我會到市區請人開藥。」

「這樣啊……要是可蓉半夜睡不安穩，妳幫忙把這個塞到她枕頭底下。」

威廉說完，就放了塊手掌大小的金屬片到桌上。

那上面毫無裝飾，只是塊金屬。

「這是什麼？」

「可以防止感冒作惡夢的古代護符(Talisman)。假如只用這一片就沒有種族限制，也不用特地催發魔力。擺在枕頭底下就會自己發揮效用。」

「……原來你有那麼方便的東西？」

「與其說是我的，應該說是這裡的預備品。」

妮戈蘭蹙眉。

「等一下。假如是這裡的預備品，我不可能不曉得。而且任何人都能用的護符是高價品，何況它的功能又跟戰鬥無關，我不認為申請預算會過耶。」

「妳應該知道東西放在這裡吧，只是妳不曉得它的功能。」

威廉用指頭「叩叩」地敲起金屬片。

「這是瑟尼歐里斯劍身中間一帶的零件啦。」

「咦？」

「我之前說過吧？所謂聖劍(Carillon)，就是用咒力線將二十三塊以上的護符串聯起來的願望集合體。所以它才會被稱為樂鐘(Carillon)。換句話說，拆線分解以後，每把劍至少可以變成二十三塊護符。順帶一提，以瑟尼歐里斯的情況來說則是四十一塊。」

「……瑟尼……歐里斯？」

「剩下四十塊護符都微妙地發揮不了用途，所以我收在倉庫。比如『不會被沒有魔力的刀刃傷到指甲肉』或者『持有者報出本名以外的名字就會響』，盡是一些不知道到底要用在什麼場合的怪玩意兒。」

「你現在立刻就把東西放回去！」

桌子「砰」的一聲被拍響。

茶杯跟著發響搖晃，卻奇蹟似的一滴也沒有濺出來。

「我說啊，你把你口中的聖劍——遺跡兵器當成什麼了！它名副其實地肩負著這座懸浮大陸群的浮沉，是用在最後關頭的決戰兵器耶！瑟尼歐里斯可是當中最珍貴也重要的一把喔！」

「我懂我懂。」

威廉點頭如搗蒜。

倒不如說，他甚至自負在現今的世上，自己對瑟尼歐里斯的熟悉程度應該勝過任何人。於好於壞都是如此。

「既然如此你也該曉得，不可以為了貪圖這種小小的方便，就把那柄劍拆來當符咒！事情有分輕重緩急的啦！」

「哈哈。我還以為妳想說什麼呢。」

威廉一笑置之。

「比起世界的存亡，當然是可蓉今晚能不能熟睡才要緊。」

「你那樣說會從根本瓦解這座倉庫的存在意義吧！」

妮戈蘭捧著頭發慌。

「哎，剛才那句就有八成比例是說笑了。我也知道要判斷時機啊。近期又沒有敵方來襲，瑟尼歐里斯的適用者也如妳所見，根本就無法使用聖劍。要上戰場，這玩意兒暫時沒份吧？」

「問題並不在那裡就是了……唉。」

妮戈蘭深深地發出死心的嘆息。

「無所謂了。反正只要事情沒露餡，上級應該不至於找我開刀，再說我也希望幫助可蓉……之後你要把東西裝回去喔。」

「包在我身上。我就是喜歡妳這種通情理的性子。」

「不要那樣說我，我現在正陷入自我嫌惡的情緒中。」

妮戈蘭甩了幾次頭，然後咕嘟地將紅茶一飲而盡。她似乎靠那樣就整理好了心情。

「——對了，那塊護符你還帶在身上嗎？你在解除石化後就立刻用到了，記得那是叫『言語理解』的護符。」

「在啊。」威廉敲敲胸口說：「不過學會大陸公用語以後就沒在用的。這東西是用言語當媒介來傳轉意念的護符，所以對話中的細節都會被忽略掉。」

「我有想過，只要你賣掉那個，不是立刻就能把債還清了嗎？」

「這也是葛力克他們當時從大地發掘到的戰利品。我等於是白白地借來用，最後還是得還給他們才行吧？」

「大地原本就是屬於你們的，不是嗎？」

「要那麼說的話，這裡有幾把聖劍也會變成歸我所有喔。由於我駕馭不了位階高的劍，屬於普及品等級的劍就試用過不少……說到這個，緹亞忒選劍的事情怎麼樣了？」
「現階段仍在測試幾把備選的劍。目前最有希望獲選的大概是伊格納雷歐。」
「還真是微妙低階的劍。這是好事。」
「似乎是呢。以立場而言我又不能高興，心情很複雜就是了。」
聖劍只有勇者能駕馭。
所謂勇者，就是具備強大必然性的人。繼承失傳絕技者；生來就背負悲劇者；將一切心靈都奉獻給誓約者。只有無論由誰聽來都覺得「這背景鐵定有兩把刷子」的人，才能實際獲得那樣的強大。
無法駕馭像樣的聖劍，就代表這種必然性薄弱。意即不需要將人生奉獻給宿命、悲劇、誓約這些不像樣的東西。
「緹亞忒本人說過，她想要像瑟尼歐里斯那樣強的劍喔。她希望自己可以強得代替珂朵莉學姊呢。」
「我非常能體會她的心情，不過大概沒指望。」
威廉苦笑，然後將手伸向妮戈蘭遞來的紅茶杯。
他含下一口。苦味比他平時在這個房間喝慣的味道要強一點。這類東西他不熟悉，所以不太明白原因，難道是換了茶葉？

「要被那把劍認同並不容易。因此，我現在才會在這裡。」

威廉忽然想起他剛才跟珂朵莉的互動，便在談話中找空檔試著說了出來。

妮戈蘭頓時捧腹大笑。

「我講這些可不是為了逗妳笑。」

「我……我明白啦。所以才好玩不是嗎？」

妮戈蘭的腹肌好像不安分，聲音都在顫抖。

「說真的，你又不是洞察力不夠，卻拙於交心耶。」

「我不懂意思啦。」

「因為你對待那孩子的方式和對待我一樣，她是在高興喔。」

妮戈蘭一邊擦眼角，一邊為威廉解惑。

「……為什麼受到跟食人鬼一樣的待遇會讓她高興？」

「因為那孩子最為提防的情敵就是我。和我受到相同的待遇，至少就代表被你當成女人看待了，不是嗎？」

「啊，原來如此。」

威廉拿了塊司康餅，稍微抹上杏桃果醬，然後放進嘴裡。雖然甜味相當強，不過因為剛才紅茶的味道還留在舌尖，感覺不至於甜膩。搭配得真周到，威廉感到佩服。

「…………情敵？」

「你的反應會不會晚了點？」

「太出乎意料，我要花時間才能理解。所以在珂朵莉眼裡，我跟妳難保不會配成一對，是這個意思嗎？」

「嗯～似乎還需要做一些補充，不過就是那樣。」

「原來如此，我確實懂了。」威廉啃著司康餅嘟噥：「這裡的成年女性確實只有妳一個，以那個年紀的女孩來說，會冒出那種想法也沒有什麼不自然。」

「嗯～你那樣說大致上也沒錯，但是讓我訂正一個地方好不好？」

「要訂正哪裡？」

「不需要加『以那個年紀』。畢竟我也算持相同意見。」

威廉無法立刻理解她的話，便稍微思索。

他一邊想，一邊無意識地將紅茶含進口中。

「以男性而言，我對你是相當青睞的耶。」

威廉嗆著了。

苦澀的紅茶流到氣管裡頭。沒辦法呼吸。好難受。

妮戈蘭看似開心地一邊看著威廉痛苦掙扎，一邊將下巴擺到十指交扣的雙掌上。

「我滿認真地在想，跟像你這樣的人在一起或許也不錯。

你有前途；對食人鬼雖然壞心，骨子裡卻是個溫柔的人；對彼此工作的尊重已經得到實證；而且你喜歡小孩；平時的口味也相近；我們又同樣都是無徵種；長相也不錯；即使我爸爸喝醉，你似乎也能毫髮無傷地制伏他；更重要的是你好像很美味。看吧，你的條件挺優秀嘛？」

「等等。後半段有幾項是不是怪怪的？」

「表示你承認前半段不奇怪嘍？」

不是那樣的。

應該不是那樣，威廉卻無法好好說清楚。

「最重要的一點在於，相傳與鬼族互通的各族，都是從人族分支衍生出來的。以種族而言，我們應該十分相近喔。所以是我的話，或許就能為你生下血脈相繫的家人。那應該會成為讓你在現今世界活下去最確實的理由。

假如能讓五年後，十年後的你幸福，對我來說也是美好的事情。這就是我覺得自己可以和你締結連理的最大理由。」

威廉無法迎面承受妮戈蘭的話。

他曉得的只有一點，對方是認真的。使壞似的笑容，還有像在逗弄人的語氣，不過是妮戈蘭用來掩飾害羞的技倆罷了。

「哎，我希望珂朵莉幸福的心意排在前面，所以並不打算積極出手就是了。即使如此，以那孩子的想法來說，還是無論如何都無法忽略我。怎樣，你理解了嗎？」

「我要問一個差勁的問題。」

威廉沉浸在自我嫌惡的情緒裡，並且苦苦地開口發問。

「什麼問題？」

「剛才那一整段話，我可以當成沒聽過嗎？」

「真的好差勁。不過，要那樣也無妨喔。」

妮戈蘭嘻嘻地笑了。

她看起來並沒有壞了心情。但即使如此，威廉還是無法直直地看著對方的臉。

3. 年輕氣盛的大蜥蜴

世上分成兩種人。

一起喝茶會覺得心情自在的傢伙和除此之外。

六十八號懸浮島市區，往常那間簡餐店。

獸人店員膽怯得光看就覺得可憐。威廉雖覺得過意不去，但還是希望對方多撐會兒。

「這間店沒有紅茶，總是會猶豫要喝什麼呢……」

妮戈蘭側眼望著菜單板，頭偏到一邊。

「來碗湯藥。」

爬蟲族壯漢——灰岩皮硬是讓魁梧身軀坐在小小的椅子上，然後嚴肅地說道。

「啊～……哎，那我點咖啡。」

「我是不是也點那個好呢……可以順便點個簡餐嗎？」

妮戈蘭不等同座的兩人回答就叫了店員過來。她將一行人要點的東西交代完以後，還俏皮地添上多餘的一句：「要是動作太慢就把你吃掉。」店員毛茸茸的毛皮全豎直了，看也看不見的臉色可想而知已經嚇得發青。

「妳喔，不要亂威脅人啦。」

「我才沒有威脅他呢。只是開個刺激點的可愛小玩笑嘛。」

噗——妮葛蘭鼓起腮幫子。

「很好，那邊的轉角有書店，妳今天務必要去買本大陸公用語的字典回來。」

「你又講那種壞心眼的話～」

「我是出於親切。」

威廉托腮用手肘拄著桌子，還瞇眼望向妮戈蘭。

灰岩皮張開大口，「咯啦啦啦啦」地冒出微微笑聲。

「看來，你們倆可真親密。」

「才不是那樣。」

要學習常識，得先對不合常識的部分有所自覺。要糾正這個誤以為自己有常識的食人鬼，就必須有人在身邊逐一告訴她什麼是對，什麼是錯。不過，碰巧只有威廉待在能夠那樣做的位置。因此他才會幫忙糾正。如此而已。

「……所以呢，今天聚在這裡是要做什麼，連正在享受私生活的大蜥蜴都特地叫來了，應該有相當的理由吧？」

「哦，你能看出我目前並無軍務？」

「只要看了你現在的模樣，任誰都曉得。」

說來說去，威廉回想到，之前他好像常常和灰岩皮碰面。二十八號懸浮島的破銅爛鐵塔、六十八號懸浮島的港灣區塊及十一號懸浮島科里拿第爾契市的護翼軍司令總部。

每次相遇，灰岩皮都穿著（大概是特別訂做的）軍服。需要抬頭仰望的塊頭搭配軍服，那種壓倒性的威迫感實在讓人強烈地留下印象。

然而，他現在的打扮——

「那套衣服是誰的品味啊？」

「女兒挑的，我也中意。」

「…………是喔。」

感覺很休閒。

麻布襯衫配皮夾克。肩膀上縫著幾條豚頭族（Orc）年輕人似乎會喜歡佩帶的飾繩。那些時尚裝扮全都跟這個男人的膚色……不對，鱗片的乳白色搭配得似合非合，營造出實在絕妙的異樣感。

「她像她母親，是個鱗片有光澤的美人兒。」

「沒有人問你啦。」

基本上，威廉連灰岩皮有女兒這件事都是初次耳聞。

倒不如說，對方是想在他面前炫耀自己的女兒嗎，是那樣嗎？既然敢誇口，應該就有反過來被炫耀的覺悟才對吧？儘管不具血緣，美醜也沒有什麼好比，但是要比綜合可愛度的話，他們倉庫的女兒才不會輸別人啦。

拿這些真心話回嘴似乎在各方面都會淪為口水仗，因此威廉硬是忍了下來。

「威廉，你臉上露出想炫耀自家女兒回敬他的念頭嘍。」

這話出自妮戈蘭。威廉倒覺得自己光是沒有說出口，就該得到稱許了。

「身為上次敗戰的將領，高層命我反省。我暫時不得穿上軍裝。」

「那還真是半吊子的處分。」

上次敗戰——讓十五號懸浮島墜落的那場仗，根本不屬於前線將領要遭受究責的戰役才對。不過，即使假定情況是如此，命其反省的懲處也實在太輕了。

換句話說，這項反省處分不知道是做給護翼軍內部或外部看的，但也就徒具形式而已。大概是因為十五號懸浮島墜落一事的機密情資過多，無法正常公開，軍方才採取這種措施將案子強行了結。

組織這東西是一種生物。塊頭變大的組織為了讓本身存續，就必須將多餘的苦頭以及不講理吞下去。看來無論以前或現在，這方面的麻煩似乎都沒變。

「毋須同情。戰士的身體有時亦需要休養。我享受著現在這段時光。」

看來也是。一把年紀的大叔（推斷）居然因為偶爾做個打扮，就明顯變得樂滋滋了。

「啊～咳咳。」

妮戈蘭刻意地清了清嗓。

「差不多可以談正事了嗎？」

啊，話題是威廉開的頭，他自己卻忘了個一乾二淨。

「第一件事。關於珂朵莉今後的待遇，我想先由我們三個研議出頭緒。畢竟她目前的狀況，在以往的妖精中並沒有出現過相同案例。」

「嗯。」

一行人所點的東西，被盛在抖個不停的托盤上端來。氣味好似要讓人連鼻子都歪掉的湯藥、兩杯咖啡，還有一盤厚切培根三明治。

「……成體妖精兵是兵器，因此在對待她們的制度中，並沒有退休和停役。如今那孩子雖已經不是妖精，在文件上依然被視為妖精兵。我希望能設法讓商會及軍方高層承認這個特例，好讓她從第一線退下來。」

「該員已非妖精之軀──此事當真？」

合理的疑問。拋棄生來俱有的種族身分而變成其他存在，這種荒唐之詞應該沒那麼容易取信於人。威廉對於這一點至今仍保持相同的看法。即使如此──

「我確認過好幾次了。可是，結論沒有改變。」

既然比任何人都先懷疑其結論的本人也如此斷言，威廉也無法繼續巴著常識不放。

「制度本身不能改變嗎，顯然因應不了現況吧？」

「改變制度的手續本身要花時間。搞不好是以幾年來當計算單位。這段期間只要那孩子接到一次出擊命令就沒有意義了。」

「……『某種程度』內，我這邊可以調整指定出擊的戰士。」

「我了解。今天我會請你來這裡，就是希望能直接拜託你至少給予『某種程度』的通融。」

「身為軍人，我不能接受這種關說舞弊之舉。」

灰岩皮滋滋啜飲湯藥。老成如老人的舉止與帶有年輕氣息的服裝並不相襯。

威廉想到：這個爬蟲族的年紀大概多大呢？爬蟲族之間有體格相差懸殊的特徵，那是個體停止發育的年齡差異所致。塊頭有多大，就表示花了多久的時間不停在成長。加上對方有女兒，又位居一等武官的高位，應該也活了相當歲數——威廉可以想像到這些。

「不過，我現在是休假中的平民。妳的請求，我會用靈魂領受。」

「謝謝，我要感謝你。」

妮戈蘭舉止穩重地微微發出安心的嘆息。

於好於壞，她的舉止看起來也都符合原本的年齡。

妮戈蘭的氣質和她在妖精倉庫面對小朋友時略有不同。好似年紀離得較遠的姊姊，也好似年紀較為相近的人母。那同樣也是這個女人的面貌之一。

「……欸，聽你們剛才談的內容，我有個想法就是了。」

威廉並不喜歡大人的處事方式，也不擅長。

然而，對於這兩個人來說，那同樣不是樂意為之的事才對。既然如此，現在就不是列席的威廉講究自己擅不擅長玩弄權術的時候。

「有個名為大賢者的人物存在吧。那傢伙和軍方有多大關連？」

灰岩皮的肩膀微微搖晃。

「那一位是護翼軍的最高顧問。雖然幾乎不具官方權限，發言力與影響力卻極高。」

「那正好。麻煩你向軍方報告，設法讓風聲也傳進那位最高顧問的耳裡。就說：『為了究明至今仍謎團眾多的黃金妖精生態，二等咒器技官挑了妖精兵珂朵莉．諾塔．瑟尼歐里斯這個稀少的範本來當實驗對象。』」

「什——」妮戈蘭猛眨眼睛問：「什麼意思，你怎麼會提到實驗？」

「咒器技官是研究職吧？既然如此，當然有權申請研究所需的器材與材料。就算空有頭銜，還是可以提出要求才對。而且，只要這項報告通過，就可以暫時將珂朵莉的待遇和其他妖精兵切割開來。」

「那要通過才有得談吧。還有你說的大賢者大人，是懸浮大陸群誕生傳說中的那位大賢者大人對不對，為什麼現在會提到那一位的名諱？」

「我和他是老交情。我們早就習慣給彼此出難題了。」

妮戈蘭用了有些同情的眼神看著威廉這裡，她怎麼看都不相信。哎，雖然也沒有必要強迫她相信就是了。

「實驗的內容會是如何？」

「在人格瓦解狀態的康復過程中，觀察環境有異於戰場的自然壓力會造成何種影響，從這個開始做起。你就說之後還會一邊觀察情況，一邊給予特殊的藥物。」

「……換言之？」

「意思就是要讓她遠離戰場，全心度過日常生活。此外，偶爾也要撥點特別預算到妖精倉庫的伙食費裡面。」

「只要你的計策傳到大賢者耳裡，便能拓展出活路？」

「對。」

在二號懸浮島互動過以後，威廉已經確認到自己和大賢者在意識上的差異。對方是懸浮大陸群的守護者，從長期的觀點看著大局。因此他看待妖精們可以將感情分割，並將其視為純粹的戰力。假如大賢者不是有能力那麼做的人物，懸浮大陸群應該早就墜毀了。那碼歸那碼，威廉島無法接受那套思維，也不想變成那樣。

從大賢者的那套觀點來判斷，就算是瑟尼歐里斯這把強力兵器的適用者，從他的立場也不能獨厚名為珂朵莉的妖精並給予特殊待遇才對。要守護住世界，必須有能長期維持戰力的機制。為了珂朵莉這個連今後連是否能回歸戰線都不確定的人，並不應該多花大把力氣在上面——這就是大賢者會有的想法。

「畢竟再怎麼說，那傢伙骨子裡都是務實的。即使再不情願，他也一定會找尋對眼前狀況最有利的手段。因此要說動他，最好就是在其他選項添上額外的價值。所以，假如我透過軍方提出『讓我照顧珂朵莉』的要求，對方八成會接受。畢竟我想他也不可能輕易放過這個賣人情的機會。」

「……咦，什麼啊，你說你們是老交情，難道是真的？」

「問題反而在珂朵莉本身的狀況有點奇怪，還有那傢伙脫離後的戰力上面。何況只靠艾瑟雅和奈芙蓮兩人作戰，負擔也太大——」

威廉猶豫了片刻才繼續說：

「——我們有必要讓緹亞忒早點獨當一面。」

「啊，關於那件事。」

妮戈蘭手一舉，臉色黯淡下來。

「今天早上，從奧爾蘭多商會那裡捎來了聯絡。據說地表調查隊遭到大型的〈獸〉襲擊，飛空艇『虎耳草』被擊墜了。」

「啥？」

「唔……」

灰岩皮的臉色也變得黯淡了……威廉看了有這種感覺。

「戰士們是否善戰？」

「襲擊發生於黃昏時分，是在離陸前一刻遇襲的。敵人已成功擊退。或許該說是不幸中的大幸，她們倆雖然稍有消耗，卻沒有受傷——話雖如此，這樣調查隊到晚上也只能繼續留在大地，回程的代步工具當然也沒了，事態相當嚴重喔。」

「是嗎。既然如此，自然得派出翅膀接送吧？」

「恐怕會。可是，能降落在地表的大型艦艇並不是那麼容易就能安排到的。應該要花費一些時間。」

「好比以針扎入龍鱗嗎？希望他們能夠無恙。」

威廉不明白另外兩人怎麼會突然談起那些。

他們應該正在討論妖精倉庫所剩的戰力。現在話題卻扯到了感覺並無關聯的地表調查隊——按字面大概是商會派到地表做調查的一群人——威廉不知道是為什麼。莫名其妙。

「啊～你們先等一下。我要求說明。」

食人鬼和爬蟲族一齊把頭轉到威廉這邊。

「什麼的說明？」

「那還用問，你們怎麼會在這時候聊起大地上的事？要是那樣能找到新的聖劍自然再好不過，但妖精的負擔還是不會變吧。」

「你怎麼會這麼問？」

妮戈蘭愣了一下。

她的目光飄到斜上方，然後，「唔～」地思考著什麼。

「啊哈。」

忽然噗哧一笑。

妮戈蘭突然做出奇怪舉動並不算鮮事，威廉已經見怪不怪了。但即使如此，威廉還是希望她至少能考慮時間和地點。

「對喔，我想到了。你來這裡還只有一個月吧？」

妮戈蘭開心似的嘻嘻發笑。

「你太像個拚命付出又笨拙的爸爸，如今都不覺得你才來一個月就是了。」

「囉嗦，拚命付出又笨拙是多餘的形容詞啦。」

「所以你自認是個爸爸嘍？」

「妳快說就對了。你們從剛才到現在談的是誰？」

「這個嘛……威廉，你以為目前在我們的倉庫有幾個成體妖精兵？」

「去掉珂朵莉，有三個。佩劍尚未決定的緹亞忒不算在內則是兩個。」

「很遺憾，正確答案是五個。艾瑟雅、娜芙德、奈芙蓮、菈恩托露可，最後再加上緹亞忒。」

威廉仰頭朝向天花板。

「有兩個我不認識的名字。人躲在哪裡？」

「順著聽下來就曉得吧。在那裡啦，那裡。」

妮戈蘭用手指比了比下面。

桌面上沒有任何東西。也不表示地板上有些什麼。妮戈蘭所指的是更遙遠的地方。

威廉從妮戈蘭面前搶了一片培根三明治，然後塞進嘴裡，大嚼大嚥地吃掉以後，他直接問了從心底冒出的一句話。

「真的假的？」

是真的。

食人鬼和爬蟲族有默契地一起點了頭。

4. 灰色之上的灰色日子

談到地表上出了什麼事。

大致的來龍去脈就像妮戈蘭所說的一樣。地表調查隊的飛空艇「虎耳草」遭到〈獸〉襲擊而被擊墜了。

敵方從猛烈的狂風沙現身。

外形若要說像人，倒不是不像。有軀體，長著頭顱與手腳。不過只要稍微接近，那樣的印象就會立刻消散。巨大身軀堪比稍有規模的樓房，紅黑色甲殼裹覆全身，無數眼珠從甲殼的縫隙中露出。

那傢伙被稱為〈絞吞的第四獸（Légitime tarde）〉。

在目前所知的所有〈獸〉身上都可套用一句話，那就是它們的行動原理不明。

生物這種東西，原本在廣義與狹義雙方面都是以活著為存在的目的。狹義是指本身的生存。廣義則是讓自身物種永留於世。進食、睡眠和追求異性，一切都可以歸結到這兩個層面。所有的生命生來就銘記著這兩項目的而活，並且死去。理應如此。

可是，對那些傢伙來說，道理似乎並非如此。

繁殖的部分雖不清楚，但至少它們的每個個體，並沒有特別想到要讓自己活下去。明明沒有那麼容易死，卻會做出輕易捨命的舉動來向**我方**索命。

它們的目的從五百年前到現在，就只有一個。

殺掉活著的東西。或者，摧毀會動的東西。這兩者在它們的心中，應該完全沒有分別。

在地表會碰上的〈獸〉當中，〈絞吞的第四獸〉遭遇率相對較高，同時，它們也被分類為危險度較低的一群。

它們是靠聲音和動作來找尋獵物。

如果碰見它們，要先噤口停下動作。然後，只要能不被察覺地慢慢離開現場，就有可能活著逃掉——這是〈老四〉被視為危險度低的根據，也是在打撈者之間被當成常識的知識，於行前會議中應該已經將命令澈底下達給調查隊成員了。

即使如此，恐慌還是輕易地發生了。

爭先恐後地想逃的調查隊員們陸續被〈獸〉追上，整截上半身遭到振臂一掃就沒了。絕命的慘叫與噴出的血柱招來下一陣恐慌，受害範圍越加擴大。

最糟的是在這之後。

原為調查隊負責人的一等器械技官，當時人在停泊於沙上的飛空艇「虎耳草」裡頭。他看見窗外發生的慘劇以後，立刻就怪吼怪叫地衝進操舵室，還抽出禮劍威脅操舵手們啟動咒燃爐，想讓飛空艇離陸。

它們是靠聲音與動作來找尋獵物。

〈獸〉立刻就聽見了咒燃爐臨界運作下的巨響。

高如小山丘的巨大身軀以驚人速度在沙上奔馳，並用舉起的雙臂將獵物捶落。絕望性的破碎聲響。雖然說船體只加裝了簡易裝甲，理應有所防禦的船體仍像麻布一樣地遭到撕裂，大量壓艙物灑落。失去平衡的船體嚴重傾斜，開始扭曲解體。

隨後。

「你搞什麼鬼啊——！」

終於趕至戰場的兩名黃金妖精將〈獸〉砍倒，騷動一下子就結束了。

死者人數為近全體半數的十八人。帶來載貨的馬匹也無一倖免。

而且，墜落在沙上的飛空艇「虎耳草」，已經失去了飛翔的能力。

†

太陽西沉。

所有人都疲憊至極。

糟糕的是，飛空艇已經成了無用的巨大殘骸。

無可奈何之餘，有半數的人躲進帳篷，像昏死一樣地睡了。另一半的人則各自燃起營火，然後茫然地坐在火堆周圍。

「——妳們兩個小姑娘幹得很好啦。」

綠鬼族男子一邊轉動串著肉塊的竹籤，一邊打哈哈地說。

火堆發出微微聲響，慢慢地烤著馬肉。

「基本上，有這麼多人可以從原本應該全死光的絕路中存活，就已經是奇蹟了。要計算的不是死者，而是生存者啦。」

「這樣可以說是存活嗎？」

圍上毛毯的娜芙德凝望著火焰，應了對方一句。

「船不能飛，我們就回不去懸浮大陸群耶。」

「載著現狀報告書的高速艇有成功派出去。只要悠哉地過一會兒，救援的人馬遲早會來啦。」

「悠哉是嗎？」

少女啃起烤好的肉串。

「接下來即使入夜也不能逃到天空，應該會二十四小時都在沙子上度過吧。來一兩頭還無所謂，要是客人來得太頻繁，光靠我們可對付不完喔。」

「哎，也不用那麼悲觀啦。至少〈老四〉暫時不會出現。」

葛力克一面將新的肉串插到火旁邊，一面輕鬆地說。

「為什麼？」

「〈絞吞的第四獸〉這傢伙有個習性，就是不會住在附近有其他〈第四獸〉棲息的地方。反過來講，一有那傢伙出現，就可以想成附近並沒有其他〈第四獸〉。」

「第一次聽到這種說法耶。」

娜芙德瞪圓眼睛。

「這在我們打撈者之間倒是滿有名的說法。畢竟其他〈獸〉都沒有那麼好動，只要我們留在這裡，危險應該就能降到最低。即使情況不樂觀也一樣。」

「哦～……」

感到佩服的娜芙德將目光轉向坐在旁邊的另一名少女問：

「菈恩，妳聽過他講的那些嗎？」

沒有回應。

同樣圍了毛毯的藍髮少女默默地注視著火光搖曳，一動也不動。

「……怎麼啦，坐那邊的小姑娘累了嗎？」

「沒有，不是那樣的。菈恩只要開始想事情，就會變成這樣。她進入自己的世界以後，就完全聽不見周遭的聲音。」

娜芙德拿了一串烤肉，確認肉熟透以後，她就塞了塊烤肉到菈恩托露可嘴裡。

「唔嗯！」
對方總算回神了。
「唔啊，唔嗯唔啊！」
菈恩托露可嚇得翻白眼，遲了一秒鐘，臉頰便一片通紅。好燙好燙好燙好燙。菈恩托露可不吭一句地在毛毯底下擺手蹬腿，即使如此她仍沒有打算把口裡的食物吐出來。
「用餐時別太沉浸於思考。心思要放在眼前的菜餚，對食材才有禮貌喔——妳被妮戈蘭這樣罵得夠多次了吧？」
娜芙德一邊用說教的口氣這麼說，一邊將新的肉塊插上竹籤。
「這傢伙真是的。要是放著她不管，她就會一直發呆到肉烤成焦炭。好久沒有吃到像樣的東西了，不好好品嚐會對不起馬吧？」
「就……就算那樣，妳也不用突然把肉塞進我的嘴巴吧！」
「啊～好了好了，抱怨前先來吃蔬菜。已經焦得滿漂亮了喔。」
「我……我知道啦，受不了！」
菈恩托露可臉紅地朝火堆旁的肉串伸手。

「這邊的肉串別拿，迎合綠鬼族的調味應該和妳們兩個小姑娘的舌頭完全合不來。」

「我當然曉得！」

「不過聽你那麼說，就會想挑戰一次看看耶。」

「娜芙德，妳太沒規矩了！」

咯咯咯——葛力克低聲笑了出來。

「……請問你怎麼了嗎，葛力克先生？」

「唔嗯，沒事。我只是覺得，妳們倆都比想像中更像年輕女孩。

雖然我聽熟人談過黃金妖精的事，但畢竟宣稱是守護懸浮大陸群的最終兵器，我本來以為會妳們會更像軍人，或者有種對人生死心的叛逆調調就是了。沒想到會這麼可愛。」

「哦，居然說我可愛，第一次聽人這麼說耶。」

似乎感到有趣的娜芙德笑了。

「我倒自認為已經有表現出叛逆的態度就是了。」

菈恩托露可一邊吹涼烤蔬菜串，一邊開口補充。

——菈恩托露可一邊慢慢地吃著烤焦的胡蘿蔔，一邊思索。

〈獸〉有許多的謎團。

倒不如說，它們身上盡是謎。

五百年以前，所有人都放棄認識它們了。然後，在這五百年之間，也沒有任何人打算挺身對它們重新研究。

受詛的種族「人族」解放到世上的至高災厄。每個人都只會用那種聽了似懂非懂的詞來形容它們，而不做進一步的思考。可是——

菈恩托露可回想起。

『——名為人類的物種原先並不存在。創造出他們，是星神最初且最大的過錯。』

那是剛發掘出來的古書中所寫的一段話。她才剛解讀完的文章。

『人類解放了獸，使灰色的真相充滿世界——』

不過，這大概是誤譯。

畢竟菈恩托露可並沒有正式學過人族的語言。她只會基本的文法和幾個單字。那樣的她硬是要讀艱澀的文章，肯定會有理解錯誤的部分才對。

因為，要不是那樣的話，不就太奇怪了嗎？

〈獸〉應該是人族創造出來散播到世上的東西。

可是，假如直接讀這段文章來解釋，〈獸〉就不是經由他們之手創造的，反而——

「妳不要話才剛講完就又開始想事情，對消化不好啦！」

「唔嗯！」

這次菈恩托露可嘴裡被塞了烤好的馬鈴薯。好燙好燙好燙好燙。

5. 四十九號懸浮島

要從天上到下面去，該怎麼做才好？

最簡單的方法應該連嬰兒都知道。沒錯，只要就近從懸浮島的邊緣向外踏一步出去就行了。那樣應該就可以名符其實地飛越超過一千卯哩的距離，和大地之母來個熱情的擁吻。旅費只收一條命。划算。

然後，想要找除此以外的方法，難度會頓時暴增。

假如再添上去了之後要回來的條件，就更加費事了。

據傳懸浮大陸群被大規模的結界所籠罩。如果想用一般在懸浮島之間移動的普通飛空艇進出這道結界，聽說儀器會全數失靈，變得無法正常航行。要防止失靈就必須準備成套器材，再搭配降落地表用保護措施，這道程序又需要花下大筆錢財和工夫，因此不是輕輕鬆鬆說做就能做的。

用來從大地上搶救地表調查隊之生存者以及調查成果的艦艇——準巨鯨級運輸飛空艇

「車前草」，其保護措施就算趕工到接近極限，仍需要花上六天時間。

威廉在四十九號懸浮島的護翼軍基地聽了這段說明。

「為什麼會需要那麼大的船？」

「慎選你的用詞，二等技官。我是一等技官喔！地位不凡的喔！」

穿著軍服的紫小鬼（Gremian）看似不悅地大呼小叫。

紫小鬼的身高只到威廉腰際，要低頭看他的肩膀相當容易。而且，圖案複雜的徽章確實配戴在他的肩上，威廉看得很清楚。

這麼說來，軍隊是嚴格講究上下關係的組織——威廉事到如今才糊里糊塗地想起這件事。他在五百年前也曾和帝國及舊王國軍並肩作戰。不過，印象中他自己並沒有隸屬於那裡。有種新鮮感。

「失敬，一等技官。由於下官是邊境出身，還請包涵。」

「唔……唔嗯。這樣說話就對了，這才對。」

儘管紫小鬼對威廉忽然轉變的態度感到困惑，心情似乎還是變好了。

「那麼，你剛才是不是問了需要大型飛空艇的理由？好吧，因為我是親切的一等技官，就為你說明一番。畢竟我是親切的一等技官。」
唔哇，這傢伙好煩。
威廉將真心話藏到笑容後頭，並且低頭致意：「感謝你，親切的一等技官。」
「很好。」
紫小鬼像是心情大好，就口若懸河地說了起來。
「簡而言之，是貨物太多的關係。
這次的調查原本就是因為發現了原形保留得相對完整的人族廢墟而成行的。正因為有望帶回大量成果才會進行長期的調查，實際上，報告中也指出他們發現了非常多萬萬不能棄置在大地的遺物。」
「……救援多拖一天，調查隊就會多一分危險。」
威廉被紫小鬼擺了「你這傢伙說什麼鬼話」的臉色。
「這是為了取得大地上的睿智。調查隊所有成員應該也明白風險。
再說你應該曉得吧，我們護翼軍出了**兩把**對付〈獸〉的防衛兵器給調查隊。之所以讓商會那些人擺架子就是為了將東西用在這種時候，她們最好給我派上用場。」
「…………」

空氣凝結。

在窗外，飛鳥從天空摔了下來。

原本在樹蔭底下午睡的貓發出尖叫逃跑。

在同一棟建築各自忙著工作的士兵們心底都沒來由地發毛。有人從椅子上摔倒，有人哀號，有人警戒四周。

「嗯，你的臉部肌肉似乎很緊繃，怎麼了嗎？」

紫小鬼似乎對周遭的異狀渾然無所覺，擺著一副傻楞楞的臉。

「不，沒事。我認為一切正如精明的一等技官所說。」

「是嗎。無徵種的表情真難懂。」

——啊，對了。剛好有份合用的資料。雖然你是擺好看的二等技官，只要讀過這個，應該也會了解這次調查的重要性。

「啪」的一聲，有疊資料被甩到威廉眼前。

單純將幾十張狀似報告書的紙用繩子繫起來的簡單文章。看得出用難看字跡潦草寫下的標題是「高度零地帶(Grand level)K96—MAL遺跡(Ruin)地區二次調查報告書」。

威廉原本覺得無論現在從大地發現什麼，自己也管不著，然而那本資料卻稍微勾起了他的興趣。他明白這次地表調查投入了相當多的資金和人才。那麼，商會和軍方不惜如此也想要的東西是什麼？

「我能翻閱內容嗎？」

「不能攜出喔。」

威廉拿起資料，並將其翻開。

最初幾頁列出的是座標及航道之類的數據。他對專業領域的事情一竅不通，因此跳過。

接著，則是隨著簡單發掘工程而浮現出概貌的遺跡地區全體地圖。

看來在五百年前，該處似乎是約有三千名人族居住的城市。鋪有石板的寬敞街道，以及工費低廉的成排集合住宅所構成的市容。靠東北方有疑似公所的較大建築物。可推測當時周遭有整片的森林，城市內外的大小河川數目共有四條，當中有兩條推測是人工挖鑿的水路一類。

「…………」

還真厲害，從各方面來說都中了大獎——威廉茫然地心想。

他記得城裡的居民確實約為三千人，街道也鋪滿了感覺廉價的石板，城市周圍還有挺人片的森林。河川數目就略顯可惜，連人工水路在內漏了兩條左右。

地圖所示的城市形狀，正是過去在帝國領地內被稱為寇馬各市的城鎮——而那就是威廉出生的故鄉。

威廉試著從地圖上的城郊尋找某一座設施的蹤影。在五百年前就已經破破爛爛的木造建築，但找不到。不知道是調查進度還沒到那裡，或者單純是整棟設施都消失得不留痕跡了而已。

「你讀那邊也沒意思吧。翻下一頁啦，下一頁。」

威廉在一等技官催促下翻頁。

報告書裡簡單列有發現的工藝品及護符、繪畫和書籍等項的清單。

他有種腦袋裡被灌了鉛或什麼來著的感覺。儘管目光遊走在清單的文字上，所寫的內容卻進不了腦子。

「那份文件是根據先前從大地飛回來的聯絡艇所提出的報告製作而成。換句話說，上頭所寫的戰利品目前仍留在大地，正等著我們去迎接。」

那種東西無所謂吧，威廉心想。

那麼想要人族創作的繪畫，紙筆拿來，要多少他都可以畫。要燒陶他也可以燒，要寫書他更可以寫出跨時代的大作。

就在這時候。

「遺跡兵器……拉琵登希比爾斯……！」

清單上有一行字吸住了威廉的目光。

「嗯，據說其劍名就刻在劍柄。似乎是位階還滿高的武器。懸浮大陸群的防衛力量將因此而更加鞏固。」

威廉沒將一等技官喜孜孜的話聽進去。

拉琵登希比爾斯。固守生命的不動之劍。

那是威廉過去的夥伴之一，納維爾特里所用的聖劍。可是，為什麼那會在這種地方被發現？

納維爾特里應該有和他們一起參與討伐星神之役。當時成為戰場的提法納地區和寇馬各市之間，距離幾乎等於橫越了整座大陸。

不，比起那些細節，更重要的是——

「對了……用拉琵登！還有這一手可用！」

威廉眼前忽然現出了光明。

「唔……唔嗯？」

他使勁抓住紫小鬼的手臂，然後上下硬甩。

「這份戰果太了不起了，雄壯的一等技官！這支調查隊實在是達成了光榮的偉業！我們務必要傾懸浮大陸群之力，將這群勇士和他們的成果迎接回來！」

「是……是嗎。看你能理解真是太好了。」

看似懾於威廉氣勢的紫小鬼連連點頭。

「然後呢，我認為在這次派去迎接的船『車前草』上頭，也必須加派護衛。因此，我希望挑一把配有適用妖精的遺跡兵器一同上船。」

威廉思考。

他覺得這是當然的要求。

目前，並沒有預測到〈深潛的第六獸〉將要襲擊懸浮島的未來。襲擊的機率越確實，且規模越大，預測就越能洞見未來——換句話說，至少近期內不會發生大規模戰鬥。既然如此，妖精兵現在離開懸浮大陸群的風險就不高。商會方面自然會要求妖精兵隨行護衛，護翼軍接受其要求也合情合理，徒具頭銜的二等技官在這時候使性子不太說得通。

基於以上因素，威廉進一步思索。

「……我有件事想拜託你，寬厚的一等技官。」

「唔唔？」

紫小鬼偏頭。

「能不能在這艘飛空艇上多安排一個座位？」

從房間告辭的威廉走過走廊，離開基地，然後快步通過恬靜的田園道路，朝四十九號懸浮島的第二都市而去。

懸浮島的編號越接近一，位置就越接近懸浮大陸群的中心。而且那幾乎直接代表該島的開拓程度以及住了多少居民。大都市大多集中在四十號以內的懸浮島，七十號以上的懸浮島則保有幾乎未經人手的自然環境。

四十九號懸浮島。實在是半吊子的數字。

而在這裡，就有與那半吊子的數字相襯，既不大也不小，用規模適中來形容會十分貼切的都市。

「啊，到了到了！」

面朝廣場的露天咖啡座，深綠色陽傘下。

喝光的果汁玻璃杯，還有吃到一半的鮮奶油蛋糕。

明顯一臉無聊樣發呆的珂朵莉看見穿越廣場而來的身影，就大大地使勁揮了揮手。

「哎喲，好慢喔！我都等累了！」

「抱歉抱歉。出了一些狀況。現在可以走嗎？」

「稍等一下下。我把這個吃掉。」

說時遲那時快，珂朵莉一瞬間就把盤子上的蛋糕清掉了。

姑且算身經百戰的威廉看了也不禁瞠目的飛快身手。

「嗯嗯～」

鬆開的嘴角笑得放鬆不已。

珂朵莉在妖精倉庫的餐廳絕對不吃甜食。理由是她不想讓小朋友看到自己不莊重的臉。原來如此。威廉重新感受到那套說詞的說服力。

「讓你久等了。走吧，去買東西。」

珂朵莉起身，並且拿了占著旁邊座位的帽子戴到頭上。

這附近對無徵種的批評並沒有多強，特地將頭藏起來的意義不大。威廉從妖精倉庫出發前就這樣說明過，珂朵莉卻表示「戴著有什麼關係嘛」而不肯聽進去。

「要照什麼順序逛？感覺書店排最後會比較好耶，因為大家都毫不客氣地開書單，數量滿可觀的。要拿著那些走動似乎有點重。」

「……妳好像很開心嘛。」

「會嗎，肯定是你的心理作用喔。」

珂朵莉話還沒說完就邁步前進。

「我很少有機會和你單獨出來走動，所以看起來才像靜不住吧。嗯，與其說很少有機會，倒不如說是第一次？」

「哪有可能啊。」威廉嘆氣。「我們初次見面時，不就已經一起到處跑了嗎，難道妳連那件事都忘了？」

「啊～……對喔。啊哈哈。」

珂朵莉臉色尷尬地笑著敷衍。

「哎，好了啦，小事情放到一邊。再不快點走，就沒辦法趕在太陽下山前回去了吧。」

「那算小事情嗎？」

珂朵莉被威廉用恐怖的臉色瞪了。

市容平凡無奇。

交易沒有特別興盛，也幾乎沒有觀光客。人口既不算多也不算少。治安既不算好也不算壞。說不出有什麼特徵，感覺真的只能用普通來形容的城市。

因此，這座城市是全心全意只求讓居民們住得舒適而建造出來的。砌有磚牆的小巷，像是用來填補建築物空隙的小巧階梯。綠鬼族的孩子們正一邊揮舞短木棍，一邊開心地奔跑。

手上要捧的行李比心理準備中還多。

由於找到了氣氛不錯的公園，他們決定小歇一會兒。

「欸。」

兩人並肩靠到長椅上坐了下來。

「嗯～？」

「真的這樣就好嗎？難得有機會在島外自由行動耶，妳想做的就只有跟我出來買東西，未免太客氣——」

「夠了～那邊的先生，不要心裡明白還刻意裝蒜跟我確認～！」

威廉被珂朵莉伸指一比。

「無關於島外或島內。我就只是想和你在一起。」

嗯，八成也是。威廉知道她八成會那麼說。

「要說的話，我是有想去或想看的地方。可是，那和我想待的地方又不吻合，沒有辦法啊。你說是不是？」

唉。這樣不行。

被培育得純真到不認識男人這種生物的女孩，碰巧和一個男人發生了尚有戲劇性的邂逅。女孩在這種時候所懷的情感，會十分地強烈、純粹而且殘酷。

「話說，我有哪個地方讓妳覺得那麼好？」

「不告訴你。」

對方壞心地笑了。

時間短暫而令人舒坦的一段沉默。

永遠這樣也無妨——威廉內心稍微湧上了如此的念頭。

「軍方派往大地的艦艇，要挑一個妖精兵上去。」

威廉低聲開口。

「嗯。」

「緹亞忒還不能勝任，所以從人選中剔除。從剩下兩個人做選擇讓我傷了些腦筋，但我決定派奈芙蓮去。」

「嗯。」

「另外，我剛才直接找上級談判，讓他們安排了我的船位。」

「……嗯？」

珂朵莉把頭轉了過來。

「為什麼要那樣？」

「因為這次跟十五號島那時候不一樣，好像沒有設什麼禁止進出的結界。我想跟就可以跟著上船。我已經厭倦等妳們回來是原因之一。」

威廉扳著手指將原因數給她聽。

「宣稱在大地上找到的寶物清單中，包含了一把不能錯過的劍的名稱。假如那是真貨，我希望能盡早收歸倉庫所有。這是原因之二。」

「劍？」

威廉無視於珂朵莉的疑問，並且仰望天空。

「最近，妳都在勉強自己吧？」

「……你在說什麼？」

「事到如今就別裝蒜了。看過妳最近的態度自然可以想像。妳失去幾段記憶了吧？或者是說，妳目前仍持續在喪失記憶。」

鬆餅攤販停在公園旁的路邊開始營業。甜甜香味飄散到四周。走在路上的小孩跟身旁的父母討起零用錢。起初冷冷應付的家長聞了挑逗鼻子的甜甜香味，態度也逐漸轉變。晚餐時間快到了吧？養成亂買東西吃的習慣不行吧？沒辦法嘍，只限今天而已喔。對不起，請給我榛果糖漿和綜合莓果口味各一個。

「你為什麼會曉得？」

「呃，我說過，看就想像得到了。」

珂朵莉的態度讓威廉感到不對勁。因此他掛在心上，一直注意著她。藉此才發現哪裡有異。要是不這樣留意，他大概就不會發現是哪裡有異。

「是喔。你有把我放在心上。」

「難道妳以為沒有？」

「當然沒那回事。」

貌似高興而又困擾的表情。

「——先告訴妳，接下來我要講的事情，妳聽了別抱太多期待。這只是『說不定有可能辦到』的事情。」

威廉聲明完又說：

「就是關於剛才提到的，在大地上找到的那把劍。它被發現具有『讓身心狀況保持萬全』的異稟（Talent）。至少我在五百年前，就親眼看過那把劍讓控制情緒及破壞記憶一類的攻擊失去效力。

只要有那東西，或許就能解決妳在記憶方面的問題。」

珂朵莉聽得眨了眼睛。

「你會一臉平靜地……講出滿胡來的想法呢。」

「要讓胡來的想法成真，訣竅就是說出口。」

「我倒不覺得那是可以自豪的事情耶。」

珂朵莉嘻嘻取笑了他。

鬆餅攤販傳來店員有朝氣的招呼聲：謝謝惠顧～

「我明白了。這次我就不抱期待。但是，你堅持不灰心這一點，我是可以相信的吧？」

「嗯，那當然。」

「所以，這趟大概要花多久的時間？」

「不清楚。哎，我猜要十天，或者比十天再久一點。」

珂朵莉頓時停下腳步。

「……我也要去。」

她嘀咕。

「啥？」

「我是說：我也要去。我也一樣討厭光是等著你們回來。」

「什麼？」

「不要緊。娜芙德和菈恩的事情，我都還記得。反正我跟她們兩個沒有那麼要好，我想就算見面也不會講出不得體的話。」

「不不不不不，等等。軍方實在不可能准妳去吧。搭乘飛空艇的名額又不充裕，總不能當成觀光帶著沒長才的人——」

只見珂朵莉的臉色逐漸變成了鬼婆娘。

威廉察覺自己失言了。

他懾於對方的氣勢，身體稍微後退了一點。

「你覺得我是當成觀光才這樣說的嗎？」

「——不。我不是那個意思。妳想嘛，大地很危險，那不是抱著輕鬆心情就可以去的地方，啊。」

威廉察覺自己二度失言了。

「嗯？我看起來，像抱著輕鬆的心情啊？」

珂朵莉語氣平緩地把話說得好似要刻進威廉心裡。

「啊，沒有，這個嘛。先稍微冷靜再談吧。」

「我氣到了。不管，反正我絕對要跟去！」

「不不不，再怎麼說也不行吧！」

結論是珂朵莉要去並非不行。

他們折回原路，試著找一等技官談過這件事以後，一下子就得到同行許可了。乘員名單的尾巴多了珂朵莉的名字，還領到簡易的身分證件。

「——你該不會在生氣吧？」

回程中，珂朵莉戰戰兢兢地問威廉。

「你擺的臉色好微妙耶。」

「我的臉色當然會微妙了。」

唉——威廉深深嘆氣。

「妳知道為什麼會那麼簡單就得到許可嗎？」

「因為……有二等技官的介紹？」

「那只是大前提。並不構成可以不經審查就帶著不具任何技能證明的平凡民眾參與重要任務的理由啦。」

懸浮大陸群的大部分島嶼都沒有所謂戶籍登記的制度。因為在這個有眾多種族交雜生活且價值觀錯綜複雜的地方，要用文件管理居民也會有限度。大部分島嶼的法律，都是讓居民以納稅的形式向市府購買市民權。那樣在生活上固然方便，卻並非必要之舉。好比威廉以前在二十八號島所住的那一帶，大多數居民都沒有市民權——治安必定就不好——也是有那樣的地帶。

因此，如今珂朵莉剛失去妖精兵的身分，最少也還是可以站到「民眾」的立場。問題則在這之後。

「既然要跟隨軍方執行任務，原本來說，不至於扯後腿的能耐，還有不會無謂生事的信用，這兩項是絕對必要的。若是如此，對於帶民眾同行這件事，就算再慎重也不過分。」

「可是，實際上不就得到許可了？」

「簡單說呢，以往也有其他軍官把民眾當成自己的祕書官。而且，他們找的恐怕全是與自己同族的異性。」

「……呃～？」

威廉想起他帶珂朵莉回去時，那個一等技官所露出的下流笑容。

「意思就是他們用祕書官的名義把情婦帶在身邊啦。」

「……情婦。」

珂朵莉像初次聽見異國語言一樣，鸚鵡學話似的將那個詞重複了一遍。

「然後我也被當成了同類。」

「……啊……原來如此。」

珂朵莉短短地思考了一會兒又說：

「或許那樣也不錯。」

「呃，不好吧。」

「要不然，至少請他們把名義改成夫人呢？」

「問題不在那裡吧。」

遠方傳來了某座樂鐘的演奏聲。

兩人停下腳步，一邊感覺到懷念，一邊將那段演奏聽到最後。

太陽西斜。傍晚時分近了。

「哎，雖然這樣也不壞。事到如今也沒有什麼門面要粉飾，再說我也一樣不想跟妳分開。」

「嗯，這段話讓我好高興，但是你沒有求婚的意思對不對？」

「那當然。」

威廉試著擺出「事到如今還說這什麼話」的傻眼臉色。

我就知道——珂朵莉苦笑。

「好啦，要走嘍。」

威廉別開目光，開始跨大步走。

晚了幾拍，珂朵莉才快步趕上來。

「等一下等一下，太快，你走得太快啦！」

「呃，我全忘記了，到五十三號島的船就快趕不上了。」

「……不會吧！」

六十八號懸浮島位在懸浮大陸群外圍。既然沒有公營的聯絡飛空艇直航，就算要找渡船也得先抵達近到某個程度的島才行。

因此，威廉現在加快腳步是有正當理由的。絕不是為了掩飾害臊。

「再拖下去今天就回不去嘍，好了，動作快動作快。」

「等一下，行李太重了啦！」

在徐徐染上朱色的街道中。

兩人鬧哄哄地輕快走著。

†

我算是什麼？少女如此思索。

記憶逐漸慢慢地欠缺。人格逐漸毀壞。這個即將壞掉的自己，現在到底還能不能稱為「珂朵莉」？

妖精倉庫裡的同伴名字，已經有將近一半不記得了。

就算勉強重新記名字，和她們之間的回憶也不會回來了。

即使待在自己房間。

即使在餐廳讓小妹們圍繞於身邊。

即使幫忙妮戈蘭做事情。

以往理應是那樣的生活構成了自己，如今卻有種異樣感。這裡不是自己該待的地方，毫無根據的念頭不知從何湧了上來。

她對自己那樣的狀況感到痛苦。

她感到難受，感到悲傷，感到寂寞。

而且，她現在打算珍惜那一切的情緒。因為，等到這種情緒消失時，過去曾為珂朵莉·諾塔·瑟尼歐里斯的少女，大概就澈底消失了。

†

珂朵莉向妖精倉庫的所有人說了他們要搭飛空艇到大地的事情。

「學姊，妳又要離開了嗎？」綠髮少女落寞似的受了驚嚇。

「唔。」櫻髮少女無力地垂下頭。她的感冒似乎還沒好。

「不用想得那麼嚴重吧，又不是永別。」紫髮少女若無其事地說。

「那個……請妳要小心喔。真的真的要小心喔。」橙髮少女一臉快哭地告訴珂朵莉。

「我會準備派對等著迎接妳回來。」妮戈蘭帶著笑容——有些僵硬而刻意的表情，向珂朵莉這麼說。

「我個人想反對妳去就是了。」

艾瑟雅擺了好似母親容忍小孩耍任性的臉。

「對不起。可是，我無論如何都不想等。」

「沒辦法嘍。誰教妳是用滿滿的戀愛感情來代替腦子的苦戀怪獸，要是和意中人分開就會凋零吧。」

珂朵莉「唔」地生悶氣。

沒有偏差成那樣吧——她本來想回嘴。

但是，珂朵莉曉得那沒有說服力，就收口了。不做徒勞之舉是明智大人會有的判斷，就這麼回事。大概。

「可以的話我也想跟去就是了，哎，可是也不能那樣。反正就算在一起又幫不到什麼。」

「不會有那種要讓妳擔心的狀況啦。」

我會從大地上找東西帶回來當伴手禮——珂朵莉說完，便對艾瑟雅豎起拇指。

艾瑟雅什麼也沒有回答。

——珂朵莉決定把瑟尼歐里斯擱下。

反正她帶著也無法用。

再說……無關妖精或適用者那些字眼，會為了本身幸福而採取行動的人，應該就沒有資格碰那把對不幸有所狂熱的劍了。

「再見了，搭檔。」

珂朵莉說完，就「呸」地吐了舌頭。

她決定把那當成告別。

6. 再會

即使敲房門也沒有回應。

試著轉門把，門也沒有上鎖。

「學姊……？」

緹亞忒推開房門。好暗。而且，房裡沒有任何人。

啊，對了——她想起來了。

這個房間的主人目前並不在妖精倉庫。為了去接其他到外面長期工作的學姊，房間的主人搭乘大型飛空艇前往大地了。還要等幾天才會回來。

「呃……我是來還跟學姊借的書……」

緹亞忒畏畏縮縮地踏進無人的房間。

她不自覺地放輕腳步，穿過整理得乾乾淨淨的房間。

緹亞忒把捧在胸前的書放到桌上。

於是，她發現了。有東西擱在桌邊。

大而時髦的深藍色帽子，還有——某種發亮的銀色物體。

「這是……」

緹亞忒有印象。鑲著透明藍石的銀製胸針。

那跟學姊十分相襯，緹亞忒曾經表示過羨慕。她記得當時對方是這麼說的：

『謝謝。不過，我猜妳遲早也會變得跟它相襯的。』

『等妳再長大一點，我就送給妳。』

當時，緹亞忒有些驚慌。畢竟她表示羨慕並沒有那個意思。她並不是想要胸針，只是想稱讚適合戴那種成熟飾品的學姊好迷人。不過學姊願意那樣說，讓她有點高興。

……是不是忘記帶走的呢？

緹亞忒冒出了一絲使壞的想法。自己後來應該也成長了一點。說不定，她現在已經變成適合戴這枚胸針的成熟女性了。

只是試試看而已。

緹亞忒咕嚕吞下口水。然後，她戰戰兢兢地把手伸向胸針。

她的手指，碰到了銀飾。

「……這樣不可以吧。」

緹亞忒縮手了。

就算是假設，就算只是試一試，她總覺得要是自己拿起這個，好像就會失去什麼重要的東西。

†

說到「車前草」，它原本是大型物資運輸艇。從設計理念就與聯絡飛空艇不同，能更加確實地運送更多物資，才符合它被建造出來的正義。換言之，搭乘的舒適感打從一開始就不受重視。

船體格外會晃；床艙及通道都有謎樣的粗大管路突出在外；油汙味滲入四周環境；甚至到處可見猥褻的潦草塗鴉；到處都有肉醬空罐丟棄在地上，諸如此類的問題說也說不完。

如果單純只有環境惡劣，事到如今威廉也不會有什麼感覺。然而，光是把飛空艇特有的搖晃加上去，不快感就輕易突破極限了。

預定飛行時間為四十二小時。

地獄般的四十二小時。

高度零地帶Ｋ96—ＭＡＬ遺跡地區。

地表調查用飛空艇「虎耳草」墜落地。

「全世界居然都在晃……」

威廉踏著蹣跚的腳步降落在灰色沙子上。

鞋底只有相當於手掌的厚度，會陷進柔軟的沙子中。他茫然地覺得這樣的立足點很棘手。光走路就會耗費體力，即使要跑步或作戰也時時伴隨著跌倒的危險。

威廉稍微將目光往上抬高。

整片灰色的廢墟。彷彿將灰色的混濁染料倒在即將崩塌的石砌建築頭上，有許多像那樣的奇妙紀念碑排在一塊。

以往，這些曾是座小城鎮。

位在帝國領地的國境附近，離帝都有一大段距離。

絕對不算大也不豐饒。還偏離所有主要的交易幹道，更沒有什麼能打出名氣的特產品。花了幾百年靜靜累積其歷史的城鎮。原本應該在後來繼續累積其歷史的城鎮。

威廉蹲下來，抓了一把沙子。

灰色沙粒從指縫輕輕流落。

「沒想到感覺挺麻木的。」

原本覺悟過的情緒，一絲也沒有冒出。

事到如今，既沒有悲傷也沒有懊悔。

倒也不是沒有實際感湧現。這裡是以往的寇馬各市，是自己故鄉淪落到最後的模樣

——威廉坦然得不可思議地接受了如此的事實。

「……你沒事吧？」

「嗯，不用擔心。」

威廉對不知不覺中站到旁邊的奈芙蓮這麼回答，然後起身。

「看起來並不像不用擔心。你的臉色，非常糟。」

「暈船害的吧。我心裡真的沒任何感覺。」

「假如你來到這裡真的沒任何想法。」強風吹起，奈芙蓮披的防沙斗篷下擺大幅搖晃。

「那還比較讓人擔心。這裡，是你的故鄉吧？」

「真的沒事啦。反正我出生的故鄉已經不在了，我現在的歸宿——」

威廉指著頭頂。

「在天上。對吧？」

奈芙蓮伸出雙臂。她牢牢地抓住威廉的頭，然後直接拖到自己的臉旁邊。

威廉的眼睛深處遭到窺視。

「……你沒有逞強？」

「沒有啦。好了，妳放手，被別人看見就麻煩了。」

「我又沒有做什麼虧心事。」

「問題不在妳怎麼想，而是看到的人會怎麼想啦。」

「蓮——」

嘩啦啦啦地踹開沙子的奔跑聲。

「——蓮！」

來自死角。

隨著吶喊一直線而來的飛踢，命中了威廉的側腹。

威廉打著和遭受可蓉及潘麗寶襲擊時一樣的想法，毫不閃躲地接住那一腳。他失算了。力道遠比想像中更沉重且銳利的一腳，將威廉的身體踹飛到旁邊。超痛。

來襲的少年……不對，來襲的少女抓著奈芙蓮的雙肩猛晃。

仍倒在沙子上的威廉只抬起臉看向她們那邊。

「妳沒事吧，這個變態對妳做了什麼！只停留在未遂階段吧！」

紅色的刺蝟頭，還有色澤比頭髮再濃一點的眼睛。儘管對方是威廉沒見過的孩子，容貌倒和事前聽說的一致。

娜芙德．凱俄．狄斯佩拉提歐。遺跡兵器狄斯佩拉提歐的適用者。

「娜芙德，妳說錯了。」

奈芙蓮似乎有些難受地扭身。

「剛才那個不是對小朋友亂來的變態，而是什麼都不做才被當成有問題的人。」

「沒想到來救援的會是妳耶。哎喲～妳還是一樣這麼嬌小～！」

娜芙德都沒有聽進去。

擁抱。露出開懷笑容的娜芙德面對面地緊緊摟住奈芙蓮。

「……從妳們離開倉庫算起，只過了一個月。才那麼點時間，身高根本長不了多少。」

「是那樣喔，我總覺得已經好久沒見到妳了嘛——」

這時候，娜芙德突然停住動作。

「——欸，蓮。妳也去了那座戰場對吧？」

「嗯？」

「就是有特大號〈第六獸〉來襲的那座戰場啊。」

「啊……」在娜芙德臂彎裡的奈芙蓮微微點頭說：「我去了，並且奮戰過了。」

「那妳告訴我。珂朵莉表現得勇敢嗎？」

奈芙蓮的臉色變得微妙。

「嗯，是啊。她非常勇敢。」

這樣啊——娜芙德露出落寞似的笑容。

她先聲明了一句「雖然我不太會表達」，然後又說：

「該怎麼說呢，珂朵莉是個討厭的傢伙。我一直覺得自己沒辦法跟她處得來，即使是現在也一樣。不過來到這裡，碰上自己也不知道能不能活著回去的狀況以後，我有點後悔。

討厭就繼續討厭也沒關係。就算只是吵架也可以，早知道會這樣，之前我就跟她多講一些話了。」

威廉慢吞吞地起身。

可以看見從飛空艇那邊，有另外兩名少女正朝著這裡走近。

其中一個是熟面孔，另一個則是生面孔——不過，其容貌也和威廉之前聽說的一致。看來那就是派到大地的兩名人員中的另一個妖精沒錯。

菈恩托露可．伊茲莉．希斯特里亞。遺跡兵器希斯特里亞的適用者。

如此一來，就確認她們倆都平安了。威廉暗自鬆了口氣。

「十五號島的〈獸〉很強吧。說來也是，非要珂朵莉開啟妖精鄉之門才能打贏，才不是普通的對手。既然妳能平安出現在這裡，表示那傢伙已經豁出去了吧。她開了門，對不對？」

「呃，那個……」

一看就可以知道，奈芙蓮正感到困擾。難得如此。

「那傢伙說過要保護大家，她就是那麼認真，就是那麼愛逞強，明明怕得不得了，卻還裝成平靜的樣子，一定沒錯。」

娜芙德久違地見到妖精倉庫的同伴，內心的箍兒似乎鬆開了。越是開口，說出來的話就變得越加沒有條理。應該連她自己都快要不懂那是在說什麼了。

她的肩膀被藍髮妖精——菈恩托露可輕輕地拍了拍。

「娜芙德。」

「怎樣啦，我正在忙耶。」

娜芙德一邊小聲地吸鼻子，一邊停下話語。

「深呼吸。」

「啊？」

「吸氣，然後吐氣。冷靜下來以後，妳再看後面。」

娜芙德應該是個直性子。她照著菈恩托露可所說的深深吸氣，吐氣，然後一臉莫名其妙地轉頭看向背後——

她愣住了。

「…………呃。」

藍與紅的漸層色正隨風搖曳。

珂朵莉帶著尷尬的表情站在那裡。

「該怎麼說呢，呃……好久不見？」
她的臉向著娜芙德，目光卻依然看著其他地方，還莫名其妙地用了疑問句打招呼。
「顯……」
「顯？」
「珂朵莉居然顯靈了——！」
娜芙德放開奈芙蓮，彈起似的拔腿就跑。驚人速度感覺不像踏在沙子這種不穩定的立足點。
「等……等一下啦！」
珂朵莉追在她後面。腳程同樣十分迅速。即使沒有快到能縮短距離，還是緊緊地跟著不放。
兩名充滿活力的少女，跑在滅亡大地上已經毀滅的都市殘骸中。
「妳覺得哪一邊會贏？」
「這個嘛……我賭晚上的點心，娜芙德會跌倒然後被追上。」
「那我猜珂朵莉的體力會先透支，賭注一樣。……好久不見，菈恩托露可。妳平安真是太好了。」

「我把同一句話直接奉還給妳……妳們都平安實在太好了，真的。」

菈恩托露可用手掌緊緊地握住奈芙蓮小小的手。

威廉一邊在旁邊聽著她們的互動——

「真有精神……」

一邊感慨地目送另外兩人奔離的背影。

「此時此刻的光輝」

-my happiness-

1. 可疑的人族

接受治療的過程中，娜芙德一直在怕癢。

呀哈哈哈哈哈哈哈哈。

她的手腳掙扎不停，光要按住就很費力。

威廉中途還找了珂朵莉幫忙，沒那樣會花更多工夫。威廉的眼窩肯定也不會只留一塊瘀青就能了事。

換到菈恩托露可這邊，則有另一種層面的棘手。

威廉每次將手指湊到她背上使勁，她都會冒出莫名煽情的嬌喘聲。原本對方就是氣質成熟得與年齡不符的少女。每次聽見那聲音，威廉都會覺得自己在做不應該的事，手指的動作也就變慢了。到整套治療完成為止，花了比原本預定將近多一倍的時間。

而在治療過程中，珂朵莉責備似的目光一直扎在後腦杓這點，也讓威廉相當心痛。

一問之下才知道，「虎耳草」墜落以後，似乎仍有零星來自〈獸〉的襲擊發生。儘管都不成太大威脅且輕鬆地就能擊退，經過憂慮事有萬一的威廉檢查以後，正如他所料，兩人都罹患了輕微的魔力中毒（Venenom）。

基本上，魔力是跟生命力相反的玩意兒。催發魔力就等於刻意讓自己生命力失調。而且若是催發的力道過猛；長時間持續催發；短時間反覆催發，失調的狀態就會成為慢性病，變得越來越難痊癒。

剛才威廉對兩人使用的手法，就是用於治療的方式之一。給予穴道適當刺激以後，調整血液循環，強迫緊繃的肌肉鬆弛。這是在過去的世界為人所知的實踐性戰場醫術之一。

「啊～怎麼樣，有沒有舒服點？」

忙東忙西而累壞的威廉一問，兩名少女便看了彼此的臉。

「總覺得……身體輕鬆到不行，怪噁心的。」

「激戰後沒有疲勞留在身上，實在靜不下心呢。」

治療本身似乎已經正確發揮功用了，有效歸有效，威廉得到的答案卻頗具惡意。

從他昨天自我介紹以後，兩人的態度就一直像這樣。

威廉倒不是不能理解她們的心情。

在兩人眼裡，威廉．克梅修二等技官這個男人等於是忽然冒出來表示「妳們都是我的東西」，而且底細不明的可疑人物。雖然說他的身分有保證，珂朵莉和奈芙蓮也都替他說話，但彼此之間沒有經過博取個人信用的手續，更沒有花下建築信賴的時間。威廉會遭到警戒也是無可厚非，對此他都可以理解。

儘管他可以理解……不過，癥結似乎並非只有那些。

「畢竟，你是人族吧？」

直接一問，菈恩托露可便乾脆至極地說出了她對威廉存著戒心的理由。

「只是誆騙倒還有意思，珂朵莉她們卻保證確有此事。既然這樣，你就是犯下滅世大罪的一族。能輕易接納你的人才有問題。」

原來如此。確實是那樣沒錯。威廉表明身分以後，迄今都沒有別人對他做出這種反應，不過仔細一想，那應該只是運氣好而已。像菈恩托露可這樣的想法，本來就是合情合理的。

「呃，那也不是我個人導致的就是了……」

「被數落成這樣還想故作灑脫，要說可疑，你那種從容的態度看起來也很可疑。簡直像在隱藏真正的想法，也像慣於欺騙女人的男人……雖然我明白要懷疑這麼多根本沒完沒了。」

麻煩妳，既然明白就別懷疑了。

把世上的事情想得單純點。

還有，慣於欺騙女人是什麼意思？誤會大了。妳得收回那句話。

「感謝你將珂朵莉從計畫好的死亡救回來。從剛才治療我們的手法來看，我也明白你的技術本身是值得信賴的。

你在過去的世界……曾經是人稱準勇者(Quasi brave)的戰鬥能力者，對吧？我想這也是確有其事才對。像你這樣的一個人，會比生來就是要為戰鬥而死的我們更加長於作戰。

可是，那不足以當成判斷你並不危險的材料。」

對方願意認同到這種地步，大概只欠臨門一腳了吧。

「你知道人族是怎麼將〈十七獸〉散播到全世界的嗎？」

威廉聽大賢者稍微提過。他說，〈獸〉是當時的反帝國組織「真界再想聖歌隊」所研發的一種生物兵器。

「生物兵器。」

對。據說是如此。

「既然這樣，應該會有生物做為其基體才對。你心裡有沒有數？」

不清楚。威廉不覺得那是多重要的事。他認為應該是抓了什麼新種的怪物(Monstrous)來當基體。

「是嗎。」

呃，話是那麼說啦，妳想問的就這些？

「是啊。」

……是嗎。

「其實我並不討厭像你這樣的人喔。」

娜芙德回答得乾脆。

「你一點都沒有大人物的架子。反而還瘦瘦弱弱的。既然艾瑟雅和奈芙蓮她們信任你，感覺你似乎也不會打什麼壞主意。倒不如說，你好像什麼都沒在想。」

被說成這樣應該高興，還是當成壞事呢？

「但我還是不服。我最信任菈恩的眼光。抱歉，既然她說不能相信你，那我也不信。」

到頭來落得的結論是那樣啊。

「我想你不用太在意。」

或許是威廉的模樣太過洩氣，奈芙蓮靠了過來。

「那兩個人基本上都是那種調調。反正她們的個性本來就不會認真地去討厭人，態度遲早會緩和。」

「哎……也是。」

那兩人看起來不像壞傢伙。感覺菈恩托露可只是想堅持她內心的某種道理，娜芙德則信任那樣的她。

威廉沒辦法產生討厭她們的想法。

「謝了。」

他一道謝，奈芙蓮就偏了頭。

「妳總是站在我這邊。幫了我不少忙。」

「唔……沒有，我並不是那個意思。」

奈芙蓮像平常一樣，擺著看不出心思的臉答話。

「因為要是放著不管，你好像就會壞掉。」

「……我看起來有那麼靠不住嗎？」

威廉內心有點受傷地問，不過奈芙蓮保持沉默，什麼也沒有回答。

†

重新裝載發掘品的作業似乎順利進行著。飛空艇最底部，充斥鐵與油臭味的船艙裡，木箱正一個又一個地堆起來。

威廉得到作業負責人的許可，打開其中一個木箱。他拔出用骯髒破布緊緊包住的內容物。

「小心啊，隨便亂碰會中人族的詛咒。」

露出和善笑容的豚頭族作業員對威廉提出忠告。

「謝謝你關心。但是不用擔心，我也是人族。」

「哈哈。老兄，長這麼大還說那種話，你不會害羞嗎？」

作業員笑著離去。

「……該不會被當成青春期的妄想了吧。」

無論事實為何，人族在傳說中就是代表邪惡化身的種族。忽然自稱是那樣的存在，一般確實是會當成丟臉的妄想才對。以後要注意。

接著，威廉重新將破布包著的內容物——用幾十塊金屬片組成的大劍舉到眼前。沒錯。是純位聖劍拉琵登希比爾斯。

威廉不明白這東西為什麼會在這種地方發掘出來。納維爾特里是西高曼德出身，對帝國不大有好感。威廉不認為那樣的他在與星神以及地神(Poteau)交戰過後，還有理由要特地跑來這塊在帝國領內的僻地。

「哎，不重要。」

大概有什麼因素吧。沒啥好介意。現在與其計較那些，這把劍本身更重要。

威廉簡略檢查了一下咒力線的狀況。爛得澈底。照這樣實在不可能正常使用，他也不確定憑自己的技術能不能修理成原樣。有必要拆開來清查一遍。

「——你在這種地方做什麼？」

娜芙德從木箱後面探頭出來。

「這一帶的東西就算偷了也要透過商會才能換錢，所以偷拿好像也沒有意義喔？」

「沒想到我會被當成那種小家子氣的壞蛋。」

嘖嘖嘖——威廉搖起指頭。

「我可是邪惡的人族。假如要搞鬼，我就會做規模更大的壞事。」

「真的嗎？」

「真的。」

威廉對娜芙德「咯咯咯咯咯」地笑。

哦——娜芙德的臉像在尋開心。

「所以你想怎麼搞鬼？要害這艘飛空艇也墜毀嗎，是不是那樣？」

「呃，那樣我也會死吧。」

「連自身安危都不顧的壞蛋，很帥氣嘛。」

「天真。真正的壞蛋才不需要那種老掉牙的自尊心。隨時都為自己好，順便也對自然好。要自稱壞蛋，至少得把這當成大前提。」

「真的嗎？」

「真的。」

咯咯咯咯咯。

「對了，說到這個我才想到。把妳們的劍也借我，我順便跟這個一起調整。」

東拉西扯過後，威廉把娜芙德她們的劍借來了。

接著，他找了間空著的倉庫。

用鋼板、銅板、白鐵板隨便拼得像馬賽克磚一樣的牆壁。牆上畫了許多很難稱作有水準的潦草塗鴉。繞過天花板的蛇紋管線到處都是裂痕。換氣導管的鐵框只剩一顆卡扣，似乎只要晃得厲害點就會掉下來。恐怕是進行地表用保護措施時被帶上船的各種工具都直接擱在牆角。

踏進一步，來路不明的惡臭立刻刺進鼻腔深處。

環境並沒有多舒適的場所。然而，在這裡至少就不會受到風或沙子干擾，更重要的是安靜。

「反正也沒有立場要求太多。」

威廉將用繩子掛在背後的兩把大劍擱在牆邊。

他重新拿起其中一把，然後坐到地板上。

「——調整開始。」

被灌注魔力的劍身逐漸解體。

三十八塊金屬片當中有近半數兀自飄向半空，在找到自己的落腳處後就頓時停下。

和過去威廉在小山丘修理瑟尼歐里斯時不同，這個房間不夠寬廣。要澈底分解劍身做調整有困難。正式維修要在回到妖精倉庫以後才著手，目前他打算只做簡單的檢查和修補。幸好這裡沒有別人，他認為只要獨自忙活，立刻就可以完工——

「啊，原來你在這種地方。」

珂朵莉從門後探頭。

她穿著一身土氣的工作服。為了避免礙事，頭髮綁到了背後。

搭上這艘飛空艇以後，珂朵莉就在船裡到處露臉，東幫一點西幫一點地賣力做些瑣碎工作。畢竟她負責輔佐沒什麼事要忙的咒器技官，從一開始就沒有本分內該完成的任務，因此想幫到別人的忙，就只能動腳找工作。

「哎喲，不要擅自失蹤啦。我是你的祕書官耶？依我的立場，至少要能掌握自己負責的技官人在哪裡才可以啊。」

「呃……啊～」

事出突然，威廉嚇得停下工作的手。

「關於這個嘛，祕書官只是圖方便的頭銜，所以妳不必認真工作也可以喔？」

「那種話由你來說，也一點都沒有說服力就是了。」

威廉無話可答。

為什麼珂朵莉不惜這麼主動也想工作？

「假如我什麼都不做，你就真的變成『濫用職權帶著毫無用處的情婦上戰場』了吧。該怎麼說呢，我討厭那樣子。」

「沒什麼好在意吧。」

「我會在意啦。」

珂朵莉像個小孩似的鼓起腮幫子。

「——欸。你忙的那個，可以讓我觀摩嗎？」

「我是無所謂，不過，這裡會臭喔？」

「沒關係。在這艘船上，多得是比這裡更糟的房間。」

這話聽起來實在不讓人覺得沒關係。儘管威廉這麼想，但是當事人既然願意接受，他也不必特地捅馬蜂窩。威廉招了招手讓觀眾進來。

「那是娜芙德的劍？」

「對。」

威廉用指頭輕輕彈了一塊金屬片——也就是護符。金屬片飄過半空，到達定點以後，頓時便停住了。

宛如演奏鐵琴（Metallophon）般的清脆金屬聲。

喲咻——珂朵莉就近坐到工具箱上面。

「要說漂亮是漂亮，在這裡感覺就不太浪漫了。」

「總比在暴風沙中好，妳忍忍。」

「那倒也是。」

威廉腦中突然冒出一個疑問。

「調整瑟尼歐里斯那個晚上的事，妳還記得？」

「嗯，不要緊。」

珂朵莉點頭。

「大概是我有注意不催發魔力的關係，這陣子都沒有記憶被消掉的感覺。也許只是我自己沒有發覺就是了，但目前感覺並沒有不便之處。

奈芙蓮、娜芙德、菈恩托露可……還有艾瑟雅的事，我都記得。雖然我對回憶的細節就比較沒自信了。」

「這樣啊。」

剛才，威廉・克梅修的名字沒有被提起，關於這一點應該不必特地確認才對。他不可能被她忘了。要不然，她沒有道理會像這樣待在這裡。

護符們靜靜地演奏著五音不全的歌曲。

無言的時間過了一會兒。

「……嗯？」

威廉突然感到不對勁。

「怎麼了嗎？」

「這把劍沒有壞。」

「那是當然吧。假如壞掉，娜芙德現在就慘了。」

「呃，我不是那個意思。該怎麼說呢——」

怎麼解釋才好？威廉想了足足兩秒左右。

「象徵聖劍性能的要素中，有一項叫做敵意（Slayer）等級。那是用來設定那把劍對什麼敵人特別有效的玩意兒。」

「唔……唔嗯。」

突然冒出的專門術語似乎一瞬間讓珂朵莉陷入困惑，不過她姑且還跟得上說明的樣子。

「持續斬殺特定種類的敵人，劍就會養成習慣，或者應該說，那會讓劍染上針對性的殺意。妳有沒有聽過屠龍劍？敵意等級格外極端的劍，就會獲封那樣的稱號。」

「唔……唔嗯……」

基本上她們只有對〈獸〉揮劍的經驗，聽了這番話大概也不太能會意過來。當然像龍這種生物，珂朵莉更是一次都沒有看過。

威廉又繼續說下去。

「這把劍專殺同族。」

「……呃？」

「它被特化用於殺害同族（Kin）。只為了讓人類用來殺人才存在的劍，幾乎沒有其他的用途。」

「咦，是不是怪怪的啊，娜芙德就是用那把劍在跟〈獸〉作戰。」

「正是如此，狀況很奇怪。因此，我原本以為它在特化方面的功能上有哪裡故障就是了。」

在威廉確認過以後，那把劍——狄斯佩拉提歐整體上已經破破爛爛，儘管機能效率都下滑，機能本身卻是正常的。甚至讓人無法相信它離最後一次維修過了五百年以上。脊髓迴路健全，咒力線也沒有消耗得太嚴重。

「哎，今天頂多只做應急修理。改天再來解謎。」

『既然這樣，應該會有生物做為其基體才對。你心裡有沒有數？』

威廉突然沉默不語，再度讓珂朵莉起了疑心。

「……這次又怎麼了？」

「沒事。」

他搖頭。

有種負面的想像停留在腦袋正中央，動也不肯動。

威廉覺得是自己想太多了。他希望如此。

如果**那樣**想，確實可以一次解開許多謎。〈十七獸〉能以違背常識的加速度將世界毀滅的理由。

據史書所載，短短幾天，地圖上就少了兩個國家。

一星期後，五個國家、四座島嶼和兩片海洋都消失了。

再隔一星期以後，地圖本身已經失去其意義。

「…………」

不對。不可能會是那樣。

畢竟那沒道理吧。假如**那**是事實，堂堂的大賢者史旺總不可能沒發現。要是那傢伙發現了，更沒有理由不告訴威廉——

『若你無論如何都要他協助，通盤招出就行了。只要把你先前隱瞞的大地真相揭開一兩項，這男子的態度也會改變才是。』

有。

之前讓對方噤口的，什麼都不讓對方說明的不是別人，就是威廉自己。

威廉說自己不在乎早就失去的東西，當下該珍惜的只有伸手能及的東西，並且拒絕了對方。

他不覺得自己當時的態度正確。然而，他並不後悔，他用不著「正確」這個詞來替自己保障價值。

因此，威廉現在能伸出手臂抓住的是——

「欸，你怎麼了？」

他被問了三次。

威廉默默地起身，走到珂朵莉面前。

「哇。」

然後，他緊緊地抱住她。

「……說真的，你是怎麼了？」

珂朵莉伸出手臂，安撫似的拍了拍威廉的背。

「妳不驚訝嗎？」

「我非常驚訝。」

「妳不慌張嗎？」

「我覺得這樣姑且有。心臟撲通撲通地猛跳。

可是呢，雖然不清楚發生了什麼，畢竟愛逞強的你，難得對我示弱嘛。高興的心情，還有希望你打起精神的心情加在一起，要比驚訝慌張大多了。」

「……妳──」

「你現在呢，臉上一副要是被人放著不管就會自己消失的表情喔。雖然非常羞人，但我就是不能撇下你。」

威廉朝臂彎用力。

「這……這樣有點難受……」

「妳是個好女人。」

「……抱歉，我沒有聽清楚。再一遍。最好大聲點。」

「沒什麼啦。」

「喂，你還撐！再一遍！再說一遍就好了！」

「和我結婚吧。」

「我要聽的不是那──你怎麼……咦？」

在威廉臂彎裡的珂朵莉這才方寸大亂。

誰會讓妳溜掉啊，威廉的手臂更加用力了。

『看來無可動搖的意志，正是此人的本質。這廝的心裡只能容納一個目的。而且在此期間，與該目的無關的一切事物，看在他眼裡都沒有半點價值。因此他不會屈服。不會止步。他會蠻幹到底。』

威廉終於找到了。

他沒能保護該保護的人事物，他沒能回去該回去的歸宿，他是個空殼子般的前勇者。遇見珂朵莉，來到妖精倉庫，他才找到了新的過活方式。

他有了想保護的人事物。

他有了想回去的歸宿。

威廉現在覺得自己還可以活下去——他總算體認到，自己有繼續生存的價值與資格。

所以……

『之前，我曾希望讓珂朵莉幸福。』

——威廉想讓珂朵莉幸福。

他想緊緊地依附那個心願。

他想忘記過去的事。他只想繼續思考現在和未來的事。

「啊唔唔唔唔。」

威廉發現抵抗的力量在不知不覺中消失了，這才確認臂彎裡的狀況。

不知道是沒辦法呼吸，還是承受的力道超過極限，或者兩者皆是。總之，珂朵莉已經頭昏眼花了。

2. 微笑的冰棺姬 Icicle coffin

自己大概是作了夢。

珂朵莉一醒來，就立刻這麼想。

這也難怪。畢竟情節是求婚。感覺就算把威廉倒過來也不會吐出那種話。太不現實了。

可是。珂朵莉試著向娜芙德她們詢問昨天發生過的事，卻得到「那個技官拜託我們把劍借給他」、「還回來的劍狀況好到噁心」，彷彿夢與現實都混淆在一起的回答。這到底是怎麼回事？

「那個人族怎麼了嗎？」

被菈恩托露可一問，珂朵莉十分自然地回答：「沒沒沒沒沒事，別在意。」她總不能找對方商量：「我好像被求婚了，不過那或許是夢。」即使那樣做，肯定也只會換來娜芙德的開懷大笑和菈恩托露可的冷冷目光而已。

到這種地步，乾脆問威廉本人好了。

——欸，昨天，你是不是向我求婚了？

嗯，不可能這樣問。再怎麼說都不可能。正因為自己最近是公認的健忘鬼，總覺得這話問出來就不是鬧著玩的了。

「妳覺得怎麼樣才叫變得幸福？」

相對地，珂朵莉試著對菈恩托露可拋出了腦海裡忽然浮現的疑問。

「——妳在意的事情真有哲學味呢。難道妳想信教？」

「不是那樣的，我在煩惱更加私人性質的問題。」

「是嗎。」

菈恩托露可闔上了疑似讀到一半的書，擺出思索的表情回答：

「基本上，幸福根本是因人而異的。有人認為能混口飯吃就好；有人認為有書讀就好。有人認為只有用全力活下去才重要；有人只要得到克服某種目標的瞬間就能滿足。有人只需要某個人幸福，自己就能跟著幸福；有人則令人傷透腦筋地剛好相反。」

「……哎，也對。」

有各式各樣的人；有各式各樣的心；有各式各樣的欲求。既然如此，幸福的形式應該也跟那些一樣多。以理論而言是合情合理的。

「不過，那些人大部分都沒有自覺。他們不知道自己的幸福和什麼連在一起。可是，他們卻會異口同聲地表示想變得幸福，卻不去理解那個詞具體來說和什麼連在一起。」

「啊哈。」

珂朵莉的嘴邊露出笑意。

「戳到我的痛處了。妳說的那些，我非常有經驗。」

「那樣的人即使能**察覺**到幸福，也沒辦法**變得**幸福。重要的是不要畏於正視自己的心——像這樣有沒有回答到妳的問題呢？」

「嗯。」坦白講珂朵莉沒想到對方會回答得那麼細而有點不敢領教，但這實在不能說出口，因此她坦然地說了聲「謝謝」致意。

打算吃早餐的珂朵莉來到了團體餐廳。

在威廉要求下，現在身為妖精的菈恩托露可以及娜芙德也都准許使用餐廳了。珂朵莉也邀了菈恩托露可一起來，卻被對方用「有陌生人在的地方會讓她靜不下心」為理由拒絕了。強邀怕生的人也沒用。因為如此，珂朵莉是一個人來。

那麼對自己來說，幸福是什麼呢？珂朵莉重新思考。

將煮得甜甜的檸檬皮放上麵包。張口咬下。刺激性的甜味及酸味滿滿地在口中擴散開來。真幸福。幸福歸幸福，不過這大概跟她的命題有所不同。

沒有算得上心願的心願，或者無意抱持心願，這是妖精的常態。畢竟妖精時間不夠，連明天是否還活著都不曉得的生命，就算對以後有夢想也只會徒增悲傷。而且，這層因素對已經不是妖精的她來說依舊相同。

然而，威廉不許她像那樣死心。縱使這條命連明天都不曉得，威廉還是會叫她抬頭挺胸衝向後天。那是十分困難而殘酷的事，但她就是對威廉的那種特質有了好感。事到如今應該也無法逃避。

『長刺的口服藥』『眼睛圓滾滾的壁虎』『濕漉漉的烘烤糕點』

毫無條理地湧入腦海的意象。儘管速度緩慢，看來侵蝕仍順利進行著。在被迫重新面對「妳根本沒有未來」的這種狀況下，原本珂朵莉或許該懷著悲愴的心情才對，但她差不多習慣了，也已經沉下心了。

珂朵莉揮手趕走腦海裡的搗蛋鬼，並且重新思索。

關鍵字就是結婚吧，非那莫屬。

那是女人幸福的代名詞，珂朵莉以前愛讀的書有寫到。雖然她認識的人當中沒有已婚女性，因此不太能產生共鳴，但是要想像就應該先從相信那種說法開始吧。

珂朵莉想起妮戈蘭先前提出的觀點。怎麼說好呢？就是為了將威廉一直留在妖精倉庫，要跟他成為一家人的那套論調。

她開始妄想。

時間設定於從現在算起十年後。舞台的話，照妖精倉庫目前的模樣就行了吧。比現在老一點的威廉……雖然不太容易想像，留個鬍子大概就有那種架勢了……將他放上舞台。再把成熟度遠勝現在的自己擺到他旁邊看看。兩人間生了種族不明的小孩。男孩兩個，女孩一個。男孩有一個像她，剩下兩個小孩像威廉。三個孩子都活潑有朝氣，目光一離開就會趁機跑出家門並且跌跌撞撞弄得渾身泥巴，然後她會追上去把他們抓去洗澡，威廉則一邊悠哉地說「有朝氣最好」，一邊烤蛋糕給全家人——

（……雖然我想不太起來，但是那樣應該跟現在毫無不同吧。）

妄想告終。

總覺得有哪裡不對。或許那樣子確實是幸福的生活，不過要問到有沒有比現在更幸福，她就會歪頭猶疑了。

『捧著肚子笑得滿地打滾的紅髮小孩』

前世好吵。現在不是理你的時候，安靜一會兒。

「妳怎麼一邊啃麵包，表情還一邊變來變去？」

珂朵莉一回神，不知不覺中來到餐廳的奈芙蓮已經坐在她旁邊。

「妳從剛才就雀躍到幾乎噁心的地步。應該說其實滿噁心的。」

唔。麵包噎到喉嚨了。牛奶，牛奶在哪裡？

「威廉對妳說了什麼嗎？」

咕噗。牛奶跑進氣管了。

「……嗯。我果然猜對了。」

珂朵莉嗆了又嗆，嗆得人仰馬翻。她稍微鎮定下來了。

「為……為什麼，妳會那樣覺得？」

「任何人看了都知道。」

被回了簡單一句的珂朵莉無言以對。

「不過，因為這樣我才擔心。」

奈芙蓮一邊將麵包撕成小塊，一邊繼續說。

「擔心什麼？」

「珂朵莉，最近你們兩個的眼神都變得像失去歸宿的貓一樣。」

……啊。

「因為妳似乎不想說，我就不問詳情。可是，自從妳頭髮開始變色以後，發生了什麼對吧？」

那個——

「嗯……是……是啊。」

「假如妳變得願意說了，隨時來找我談。雖然我能辦到的或許只有陪伴妳……但是，至少我可以陪著妳。」

奈芙蓮說完這段讓人聽不太明白的聲明以後，就把話打住了。

「嗯……謝謝妳。」

艾瑟雅也好，奈芙蓮也好。為什麼自己身邊盡是這麼棒的夥伴呢？珂朵莉連自己所處的狀況都忘掉了，心裡油然欣喜。

†

自己大概是作了夢。

威廉一醒來，立刻就這麼想。

這也難怪。畢竟情節是求婚。感覺就算把自己倒過來也不會吐出那種話。太不現實了。

「……不對，這樣實在說不過去。」

重新面對現實吧。當時，他確實抱著珂朵莉講出了不得了的話。理由他明白。因為他冒出了一輩子也不想放開那傢伙的念頭……好像不太對。他一輩子都不會放開她……這也不太對。他要讓她幸福一輩子。

……呃，罷了。越是思考，思路就越會亂跑。

威廉把思考推回上一個階段的問題。殺人劍狄斯佩拉提歐。成為〈十七獸〉這種兵器材料的怪物。搭配在一起思考，答案便單純明快。而且，先不管那個叫菈恩托露可的妖精是否了解狄斯佩拉提歐的規格，她似乎也推得了相同的結論。所以她對身為人族的威廉才會如此非難。

換句話說——由此可以料到，所謂〈十七獸〉，其實就是經過某種手段而受到改造的「人類」。

威廉不認同。

他不想去思考。

倘若那是事實，至少「人族毀滅了大地」這句話，意思就變了。人類不只製造了讓世界毀滅的因素。如字面所示，人類自己就是導致毀滅的因素，同時也代表他們是至今仍闊步於大地上的毀滅象徵。

「不對，不可能。」

這套論點有個大漏洞。那就是〈十七獸〉在傳說中所提及的增殖速度快得太不合理。說來理所當然，即使靠傳奇性的能力與技術，要將生物改造成完全不同的生物，也得花上相當的工夫與時間。連傳說中的怪物「吸血鬼（Vampiric）」運用其異稟「魂魄感染」，想將犧牲者澈底改造成同族，至少也要三天時間。相對地，〈十七獸〉據說只出現幾天就毀滅了數個國家。速度比都不能比。

「果然是我想太多了。」

威廉得出結論，然後獨自點頭。

要操煩的事就這樣少了一件。

而且，只剩下他對珂朵莉提出求婚的結果。

「…………」

嗯。短期內，威廉似乎沒辦法正常地看她的臉了。

†

「我惹調查顧問生氣了。」

一等技官狀似垂頭喪氣地，帶著像是小孩惡作劇挨罵的臉嘀咕。

「喔，這樣啊。」

聽不懂話題脈絡的威廉含糊回答。

「原來我們有帶顧問來啊，我印象中沒見過耶。」

「不，那是之前受商會聘用，然後由調查團帶來的民間打撈者。由於對方是個經驗豐富的人物，我本來想盡可能尊重他的意見。」

「喔。出了什麼狀況嗎？」

「嗯。你有聽說再過五天就要離開大地吧？」

「有是有啦。」

威廉對大地上的浪漫沒多大興趣，從他的立場來看，並沒有想在這種地方久待的理由。可以的話他也想即刻啟航離開，不過事情到底沒那麼容易。確認調查隊成員的健康狀況，將發掘到的各種物品重新收納到船艙，從準備擱置在大地的「虎耳草」船上回收必要器材及物資——似乎有許多事要做。

「考慮到預算，我們不能再久留。可是，只把目前回收到的遺物帶回去，會造成還算不小的虧損。」

「應該是那樣沒錯。」

「因此，我決定從明天起加派大規模的發掘隊伍到地下。」

身為紫小鬼的一等技官豎起紫色手指，還在不言中帶著一副「這是好主意吧」的態度，鼻頭都脹了起來。

「我希望由軍方領功，所以隊伍成員會以軍人為主。至於商會的人，就讓他們去處理地上的雜務。你嘛——要來也無妨就是了，看你怎麼打算。」

「請饒了我吧。原來如此，就是因為這樣才惹火了那名顧問啊。」

要小聰明讓軍方的人獨秀拿功勞，這種事傳到商會聘請的顧問耳裡，確實不會覺得舒服吧。

「呃，並不是那樣。」

一等技官用豎起的手指搔了搔紫色的禿頭。

「對方是叫我們別一口氣派大群人到地底下。他說那樣違反在大地活動的原則。」

「……那又是為什麼？」

「不知道。要問根據在哪裡，他也不說。八成是迷信一類的吧。並非所有人都像我們一樣，可以有條有理地思考問題。由於價值觀狹隘而把不合理的規矩當鐵則信奉的可悲族群，無論在什麼時代都絕對不會消失。」

「啊～簡單說就是你對那個顧問也說了同樣一番話對不對，輕率的一等技官？」

「是的。」

講話實在輕率的一等技官洩氣地垂下肩膀。

「我不認為自己有說錯話。可是，我也沒有意思要否定他的經驗或信念。能不能麻煩你幫忙安撫他的情緒？」

「可以是可以啦。」

威廉一邊覺得麻煩，一邊又說：

「對某人而言沒有錯的事，對另一個抱持不同前提的人來說，**肯定**是大錯特錯。假如你覺得自己搞砸了，就要記住這一點。」

「……我會記取在心。」

紫小鬼帶著苦瓜臉點頭。

†

威廉向走在通路上的作業員問了顧問在哪裡，得到對方已經前往地下調查裝備保管庫的答案。裝備保管庫是在船底附近，東西亂糟糟又寸步難行的一塊地方。顧問怎麼會去那裡？

雖然威廉覺得真的很麻煩，但總不能忽視這件差事。他掀開沉重的活板門，爬下生鏽梯子，穿過不明金屬零件散亂一地的房間，然後前往艦艇的下層。

據說那名顧問是商會聘來的民間打撈者。威廉試著想像對方會是什麼樣的人物——不過，提到經驗豐富的打撈者，腦海裡不管怎樣還是會浮現葛力克和他那群夥伴的形象。畢竟那些人可是從大地發掘到一名已經滅絕的人族，還使其甦醒過來的高手。

「調查隊的顧問在嗎？」

威廉抵達裝備保管庫了。他推開半氣密式的門，找尋貌似對方的人物。

身上雜七雜八地穿著地表探索用裝備的葛力克就在那裡。

「……喂？」

「…………啊？」

在難以言喻的氣氛中，兩個男人朝彼此看了一會兒。

「我們所說的原則，是從經驗累積而來的東西啦。」

顯然不高興的葛力克氣呼呼地發著牢騷。

「要說的話，我承認那很容易混進神祕學的概念。有的規矩確實連我都覺得有毛病。比如『在地下發現水聲中斷要趕緊閉耳朵』就是聽了也沒轍的規矩，貓徵族（Ayrantrobos）懂得怎麼閉耳朵就算了，像我們這樣的種族要怎麼辦？」

那個嘛，沒有被吩咐要「夾起尾巴」就已經不錯了吧？威廉心想。

「你說是經驗法則，表示大陣仗潛入地下的人就回不來嗎？」

「還不到必定的程度就是了。生還率大約從超過七個人以後就會顯而易見地下降。所以民間打撈者吃這行飯不太會組成大規模團體。」

原來如此。威廉沒問到那個單純的一等技官要派出多少人的團隊，但應該不會低於葛力克所說的人數吧。

「原來如此，我明白你火大的理由了。」

威廉點頭。

「下一個問題，這些是啥？」

「防塵斗篷和圍巾，還有風鏡。」

「幹嘛交給我？」

「今天風沙強啊，沒準備就外出會有點危險。」

「幹嘛提到外出的事情？」

「因為我們只有今天才能趁機潛入地下。」

什麼道理？

「難得有機會，我想讓你看一塊寶藏。那個沒辦法帶回地上，所以得親自下去現場就是了。」

「我為什麼要去看那種麻煩的東西？」

「反正你陪我去就對了。沒想到來大地會碰巧遇見你嘛。這也算星神賜予的好運，浪費掉會遭天譴。」

那算什麼道理？

「——啊，那邊的小姑娘來得正好。妳要不要一塊去？」

葛力克抬起臉，朝威廉背後喚了一聲。

威廉以為大概是娜芙德她們，一轉頭才發現珂朵莉疑似偷偷摸摸想不被發現地離去的背影。

珂朵莉緩緩回頭，露出「這下怎麼辦」的表情。

（——糟糕。）

威廉想起昨晚的事情，臉色同樣變得曖昧，視線游移不定。

葛力克沒注意到他們倆那副模樣。

「既然說是祕書官，協助威廉也是妳的工作吧？要潛入地下，三個人左右剛剛好。畢竟死角會減少，一個人攞烏龍有兩個人能補救。還可以擺在地上當後勤人員。」

他心情大好地多拿了一套防塵斗篷、圍巾和風鏡出來。

†

在五百年之間，似乎也發生過壯觀的地殼變動。

據說是調查隊在第一天發現的那座地下建築，如今已經淪為和過去全然不同的模樣，留存在那裡。或許是承受不住周圍地基的扭曲，壁面和天花板崩塌了，原本的通路被堵住，調查隊另外開了一條新路。外牆到處都是裂縫，從中滲入的沙土與水讓路況一團糟。

一行人靠著小型燈晶石發出的些微光芒沿路往下走。葛力克毫不猶豫地走在複雜通路的背影，讓人感覺到他確實有身經百戰的打撈者派頭。

呼出來的氣是白的。有如在冰庫一般，空氣冷透了。

每往下一層，氣溫都會下降。來到地下第四層以後，從附近水脈滲進來的水積在地上，甚至會直接結凍。為了避免滑倒，走路多少得留心。

「地上就像你們看到的，基本上什麼都已經風化了，不太適合尋寶。以這點來說，地下的狀況就像這樣，滿多地方還保留著原形。打撈者的重頭戲就是從潛入地下才開始。」

威廉漫不經心地聽著葛力克這些解說——

「地底下最少也有四層，其他層也這麼寬闊嗎？沒想到在我們地方上會有這種像地下迷宮的玩意兒。」

有種不可思議的感觸。

難道從他待在養育院的時候就有這些了嗎，或者說，是他以準勇者身分離開以後才建造出來的？如今經過五百年以上，似乎也沒有手段能確認就是了。

「腳步沒問題吧？」

「嗯，不要緊。」

威廉回頭確認珂朵莉的情況，不安定的踏腳處和昏暗，對她來說似乎都不打緊。不愧是受到瑟尼歐里斯認同的野丫頭。

「——對了，那兩個小姑娘啊。」

「嗯？」

「和之前聽你說的一樣。都是好孩子。」

「是啊。」

娜芙德和菈恩托露可。威廉對她們倆還沒有很熟，但既然這陣子和她們處得要好的葛力克這麼說，肯定不會錯才對。

雖然威廉有種被人搶先一步的感覺，心裡有些不是滋味。

「我可不會讓她們嫁給你喔。」

「喂，不對吧，話怎麼會扯到那邊？」

兩人咯咯咯地相視而笑。

「假如你想娶她們，要先打倒我。」

「早說過不是那麼回事了吧。還有你別突然擺嚴肅臉色，真夠嚇人的。」

「你們在爭什麼嘛。」

低聲笑出來的珂朵莉傻眼了。

在地下寒冷的空氣中，有陣白茫的嘆息浮現，然後消失。

「——哎呀，你們等會兒。這條路斷掉了。」

在燈晶石照亮的小小視野內，葛力克的後腦杓止步了。

威廉瞇眼瞪向路的前頭。原來如此，可以看見尺寸各異的大塊瓦礫堆成了稍有規模的路障。就算要清除後再前進，隨便施加外力似乎會讓頭上的結構跟著垮下來。

「傷腦筋。來到這裡還要再折回去嗎？」

「一路過來有滿多小路吧，不能繞道嗎？」

「路線太複雜，要一條一條調查也要花時間。再說這附近有〈第六獸〉的巢。我不想到處亂走刺激到它們。」

「是那樣嗎——」威廉稍微思索又說：「——你說附近有什麼巢？」

「〈深潛的第六獸〉的巢。」

葛力克淡然回答。

「它們會幾十隻聚在一起，在地層中築巢。基本上待在巢裡的期間都跟植物一樣睡死了不會動，但要是掉以輕心在它們身邊徘徊，在罕見的情況下就會醒過來發動攻擊。」

第六獸。唯一會飄上天空來到懸浮大陸群的〈獸〉。妖精兵會被當成消耗性兵器的根本理由。

——不能趁這個機會將它們燒光嗎？

差點發問的威廉立刻把話吞回去。正因為它們不是用那種簡單方式就能解決的對手，才會搬出聖劍來對付。

既然如此，要趁著可以確實偷襲的這個機會，讓奈芙蓮她們發動襲擊嗎？

不，不行。免談。必須完全放棄翅膀這個優勢的封閉空間；聚集了幾十頭的〈獸〉還具備分裂能力；絕望性的數量差距。在這些事實面前，偷襲的有利程度就跟沒有一樣。

唯一的利多因素，頂多就是封閉空間和敵人密集的環境條件，和妖精們的最後戰術「自爆」互相契合。要實行根本想都別想就是了。

「……呃。我可以插句話嗎？」

威廉聽了珂朵莉的聲音才回神過來。

「雖然理由不好解釋……但我們可不可以走這邊的路進去看看？」

什麼都不做就掉頭也嫌掃興，一行人就決定走看看了。

走在一路曲折的通路上。每次出現岔路，珂朵莉就會停下腳步，並做出豎耳傾聽著什麼的舉動，然後毫不猶豫地選出一條路。

「我總覺得有東西在呼喚我。」

這是她本人的陳述。對於打算深入天然迷宮的人來說，這塊羅盤有點靠不住。但現在既然沒有其他明確的引路依據，也沒有理由把她攔住。

一行人不知道就這樣走了多久。

視野忽然變得開闊，他們來到一處房間。

「……真的假的。」

葛力克發出驚嘆。

「我們到了。我想讓你看的就是這東西。」

「啥？」

威廉轉頭，將四周看了一圈。

「欸，什麼都沒有耶。你想讓我看什麼？」

「就在你眼前。」

——話是這麼說，在威廉的眼前，只有牆壁。

不，不對。仔細一看這並非牆壁，而是巨大的冰塊。

「起初幾乎整座房間都在冰塊裡就是了，費了勁才鑿到這裡。」

葛力克用指背輕敲他所說的冰塊。

冰塊裡有東西。

威廉舉起燈晶石。

透明度高得不自然的冰塊裡，可以看見鮮豔的緋紅色彩。

他倒抽一口氣。

「……這……這東西……」

「嚇到了吧？我也嚇到了。沒想到在這短短的人生中，可以看見兩次這樣的寶物。」

是個年幼的——連與妖精倉庫的小不點們相比，都還要更小的孩童。

緋紅的長髮彷彿輕輕蕩漾地停在那個動作。

儘管表情看不清楚，看上去卻似乎安詳而平靜。

而且，在她的胸口。

開著一道大大的刀傷。

看起來像是活著。看起來也像安詳地睡著了而已。然而，那肯定是具亡骸。

「她總不會……是你以前認識的人吧？」

「嗯……」

威廉重新確認對方的臉。

「我想我並不認識。」

「這樣啊。因為狀況和我發現你的時候類似，我才想搞不好是你認識的人。」

沒錯。這個狀況對葛力克來說並非頭一次。威廉以前出過在石化以後沉到水裡凍成冰塊，讓自己澈底與世隔絕的狀況。把他撈起來救活的正是葛力克與同夥的打撈者。

「這個孩子也能像我一樣得救嗎？」

「那實在不可能。」

葛力克微微搖頭。

「你那時候只是受了詛咒變成石頭，因為還沒有死透才能得救。這孩子正常來說怎麼看都已經死了吧。」

確實是那樣。沒有人被切開心臟還能活。

「稍微等我一下。」

威廉催發一丁點魔力，讓眼睛蘊含觀察咒力的力量。

「————啊，果然沒錯。」

「嗯？」

「那道傷口被施加了某種詛咒。」

威廉一邊忍受陣陣作響的頭痛，一邊凝視。可以清楚看見強大詛咒深深地刻在嬌小身軀上。

「真的嗎？」

「真的。話雖如此，解開那道詛咒似乎也無法讓她復生就是了。」

世上也有用於屍體的詛咒。比方操使它們活動，或者讓屍體動嘴把知識吐出來，或者讓有血緣關係的人透過牽絆感染到詛咒，諸如此類的用途。當然，就算解除那些詛咒，也只能讓受詛咒的屍體變成沒有詛咒的屍體。並不會讓它們復生。

「……唔～？」

那碼歸那碼，威廉覺得好像在哪裡看過那道詛咒。

他更仔細地觀察。那大概是典型的概念竄改型詛咒——把人變成青蛙或者將大餐變成石頭的那些技倆——當中的一種。從咒力的交纏及扭曲形式來看，大致有那種感覺。可是，威廉想不起來在哪邊看過。倒不如說，劇烈頭痛讓腦子不太能好好運作。

威廉解除咒力視。頭痛並不會立刻消退。

「與其讓她在這種不安穩的地方沉睡，我倒想把她移到明亮一點的地方重新埋葬……不過既然有詛咒，應該先解除掉那個才行嗎？」

葛力克嘀嘀咕咕地說了些什麼。

「什麼啊，原來你不是想把這個當寶藏賣給好事者嗎？」

「那種做法不太合我的興趣。她好不容易能舒舒服服地睡，讓她繼續睡才合乎人情吧。」

該怎麼說呢？人情這個詞讓葛力克來講就有說服力。

威廉重新面對少女。

「哎，先不談該怎麼辦，先得把她從冰塊弄出來才行。這種類型的詛咒會半永久性地固定住受詛者的狀態。即使把她從冰塊弄出來，應該也不會腐壞或者被蟲吃掉——」

最初，威廉感覺到背脊閃過一陣戰慄。

「——咦？」

間隔片刻，不明理由的恐懼感從胃裡湧了上來。受恐懼驅使的威廉找尋原因。他轉頭，立刻就發現了。

珂朵莉正一臉愕然地凝望著冰塊中的少女。

威廉**看見**她全身充滿了沉靜而凶暴的魔力。

「妳……」

只見她的髮色逐漸改變。

由藍到紅。珂朵莉·諾塔·瑟尼歐里斯逐漸消逝。

「妳這傻瓜！妳在做什麼！」

威廉抓著她的肩膀猛晃。還甩了好幾次耳光。可是，燃起的魔力沒有緩歇。珂朵莉的目光沒有聚焦，也不確定有沒有意識。現在不趕快採取行動就太遲了。如此警覺的威廉將手掌比成尖錐，然後重重地戳入珂朵莉的心窩旁邊。

少女的表情瞬間痛苦扭曲。血液循環遭到打亂，肺臟受到擠壓，燃起的魔力硬是被驅散，模糊的意識也被強行截斷。

「抱歉，之後再說！我們立刻回上面！」

「哦……好。」

葛力克困惑歸困惑，應該還是察覺到情況有異。他坦然地點頭以後，立刻就幫忙帶路往回走。

3. 落伍的破時鐘

隔天。

如同之前的宣言，一等技官帶著十三名軍人的大陣仗潛入地下。留下來的人則被迫在勞動力減少十三人份的狀態下，繼續原本的裝貨作業。

而且他們回來了，比太陽西斜還早許多。

看吧，根本沒發生任何危險——一等技官自豪地挺起胸膛。大概是帶去的十三人頗有能耐，帶回來的成果似乎也挺可觀。

在這裡要稍微談到關於〈深潛的第六獸〉的事。

基本上它們都是不定形。成長迅速，還會分裂。儘管機率極低，但它們是唯一在天上也會碰到的〈獸〉。

待在天空底下的時候，這傢伙會在地下築巢。找到還算寬廣且濕度合適的洞窟以後，它就會緊貼在牆壁或窟頂，慢慢地增加數量。

而且〈第六獸〉的這種巢穴，外觀雖然恐怖，實際上危險度卻沒有那麼高。打撈者誤闖巢穴正中央還能無傷生還的事蹟絕不算少。只出現一兩個入侵者，還不足以讓巢穴裡的〈第六獸〉起反應。宛如沉睡著一般，都不會動。

什麼樣的導火線會讓它們活動起來，這就不為人知了。

甚至有人說根本沒那種東西存在。它們完完全全不講理，只會毫不顧忌地到處肆虐作亂，並且隨意散播悲劇。既然如此，思考它們何時會醒會睡也沒有用處。

——其實，這種想法錯了。

儘管還不到必定的程度，仍有幾個容易解除其睡眠的關鍵條件。舉例來說，有生命的「集團」靠近當屬其一。而且當那些條件滿足一個以上時，巢裡就會有幾隻緩緩甦醒，並為了尋求有生命的犧牲者而開始活動。

持續被風沖刷的沙面上，開了一個小小的洞。

接著又一個。

然後又一個。

又一個，又一個，又一個。

又一個，又一個，又一個。又一個，又一個，又一個。又一個，又一個，又一個。又一個，又一個，又一個。又一個，又一個，又一個。又一個，又一個，又一個。又一個，又一個，又一個。

簡直像湧泉一樣。

從各個洞穴中，緩緩地，滲出了液狀的物體。

在人族的遠古語言中，據說「Timere」這個字的含意是「恐懼心」。那是會從任何地方冒出，會無聲無息地增長，會不知不覺地侵蝕、磨滅心靈，然後將一切吞沒的概念。

〈十七獸〉之一會冠上那個詞的理由，如今已不可考。或許以前的學者什麼也沒想，光憑著直覺就幫它取了名字。不過，無論原委如何，它們就是像**那樣**存在於那裡。

無數的〈深潛的第六獸〉。

從沙子底下爬起。

†

話說，在這艘艦艇的船艙牆壁上，掛了一座落伍的破時鐘。潮濕變形的木製框架，配上兩根像是彎曲鐵絲的指針。據說它在船上的頭號老鳥首次登船時就破破爛爛，是貨真價實的老古董。

傳聞那是這艘艦艇的初任船長的祖母所留下的遺物。而且，它被掛到這裡的來龍去脈好像是一段聞者無不掉淚的佳話……不過，沒有人聽過具體的故事情節。大概是某個人杜撰的吧。

破時鐘就只是破時鐘。便於抬頭得知目前的時間。除此之外別無特別。

此時，時鐘的指針指著十八點二十六分。

第一個犧牲者是個當時很倒楣地被推去打掃窗戶的貓徵族青年。為了想辦法清掉窗框沾上的大量沙塵，他正一手拿著老舊拖把在奮戰。

連慘叫的時間都沒有。

此時，時鐘的指針指著十八點二十八分。

心情微醺地走在通路上的爬蟲族三等武官，從窗戶聽見鏗鏗鏗的響亮聲音。納悶是怎麼回事的他湊近一瞧，就看見有某種深綠色的東西黏在窗外。而且，那綠色玩意兒似乎想用蠻力將窗戶打破——不，它想將船體的牆壁整個打破。

三等武官尖叫。

窗戶，冒出了，大條裂痕。

此時，時鐘的指針指著十八點三十二分。

咒燃爐發出轟然聲響，開始運作。

就算早一秒也好，得盡快離開地表。要不然，他們這些人應該會通通被灰沙吞沒，然後消失不見。

「那……那那那……那是什麼！」

在一等技官混亂的尖叫聲牽引下，葛力克將目光轉向窗外。薄薄風沙的另一端，有無數輪廓近似樹木的形影，正一邊伸展其枝幹，一邊想將「車前草」的船體纏住。

「那還用問，八成是大群的〈第六獸〉。」

葛力克將子彈一顆顆地裝進大型火藥槍，並且嘟噥似的答話。

這種東西當然不可能殺得了〈十七獸〉，但如果運用得當，或許還可以讓它們退縮至少總比手無寸鐵要好些。

「啟……啟動咒燃爐不會有問題嗎？我聽說『虎耳草』就是因為那樣才墜落的耶？」

那是因為「虎耳草」碰上了〈第四獸〉。它們靠聲音及動作來找尋獵物。會發出轟然聲響的咒燃爐，就像在呼喚敵人瞄準這裡下手。

然而〈第六獸〉就不是那樣了。那些傢伙不知道是眼睛尖或鼻子靈，但它們就是能確實找出活著的人並展開襲擊。無論屏住呼吸、裝死還是躲到門後的死角都一樣。只要人還活著在那裡，就逃不過它們的獠牙或爪子。

不過，換句話說，無論咒燃爐這種非生物發出再大的聲音，做出再醒目的動作，都不會引起〈第六獸〉的興趣。

葛力克沒有時間專程向對方說明這些，而且那樣做大概也沒意義。

「遺跡兵器呢！東西就是為了這種時候準備的吧，快將那些傢伙清理掉！」

「你別把自己忽略現實的代價都推到別人身上。」

船體猛烈震動。斜傾。螺旋槳宛如自暴自棄地狂轉。

船從陸地上浮起。

「好，就這樣將速度催到極限保持高度，盡可能將黏在外牆的那些傢伙甩掉！之後再拜託那些小姑娘認真開打！」

外牆傳來「砰砰砰」的絕望聲響。或許是心理作用，感覺聲音甚至接近了一點。

「有幾隻已經鑽上船了！你快叫大家到安全的地方避難！」

「管……管他的！我是技官，並不是武官！這種事在我的專業之外！」

「喔，是嗎！」

既然這傢伙肯放棄工作，事情就簡單了。葛力克抓起傳聲器，開始大聲地朝船內所有廣播器下達指示。當然，做這些一樣不是他的專業，但在目前這樣的狀況，要活下去就只有靠能做些什麼的人來打拚一途。

時鐘的指針指著十八點三十四分。

珂朵莉沒有恢復意識。

從在地下昏倒以後，她的眼睛就沒有張開。

在那之後威廉立刻趕回飛空艇，衝進了醫務室。他一把抓住聘來的醫生，逼對方不管怎樣能將珂朵莉弄醒就好。

結果當然是不行。

珂朵莉本來就沒有得什麼病，更沒有顯著的外傷。對於看不出有何異常的人，根本沒有能用的治療手段。珂朵莉的胸口說來是有一道細長的內出血，不過那應該和她昏迷沒有直接關係。

在持續沉睡的珂朵莉旁邊，威廉仍坐在地板上，捧著頭苦思。

事態演變成這樣，現在就算將拉琵登希比爾斯修好也沒有意義。那到底只是能讓使用者保持身心健全的聖劍。假如使用者本人不能先催發一點魔力就無法發揮作用。

「……我在搞什麼。」

威廉低喃。

他明明想讓珂朵莉幸福。

他明明自覺有那樣的想法。

從珂朵莉醒來以後，自己主動為她做了多少？

自己領著珂朵莉朝她想要的未來前進了多少？

威廉一項也想不到。

（——其實你根本不在乎這傢伙吧？）

在內心深處，從陰暗的角落，有某種聲音朝著他細語。

（你會在意這傢伙，都是因為瑟尼歐里斯歸她所用。你才沒有看著珂朵莉這個人。你想救的人就只有黎拉。而且，你想守護的就只有和愛爾梅莉亞的約定。因為你兩邊都沒有顧好，才會把心思投注在境遇類似的這傢伙身上，藉此蒙騙自己。）

不對。

我有好好看著這傢伙。

（她根本就不可能幸福，你發現了吧？瑟尼歐里斯挑選主人這件事，本身就像咒縛一樣。使用那把劍，等於自始至終都會被命運或宿命所糾纏。根本從一開始就沒有活路。）

不對。不對。不對。

這傢伙應該能幸福才對的。威廉是想讓她幸福的。

（你一直都把她是孩子當藉口，好讓自己得救吧？這樣就不用直接面對她的目光，還拉開了距離。即使你會擁抱她，也不會讓她擁抱你。你可以站在單方面付出的立場，還不必從這傢伙手中收下任何東西。這樣你內心重視的東西就不用更動順序。）

不對。不對。不對。不對。不對。不對。不對。

我……我只是……對這傢伙……我只是對這傢伙……

（我努力去做自己辦得到的事了。可是我沒能澈底擺脫命運。我沒有任何錯，全都是命運的錯……既然對手是命運，大家都會同情我。誰也不會怪我。沒錯，你做的事一點都沒錯。可是呢——）

不——

（——對你而言沒有錯，表示對另外一個人來說就大錯特錯了。）

飛空艇劇烈搖晃。

葛力克隔著傳聲管發出的吼聲，正在命令艇內所有人逃難。

威廉有耳無心地茫然聽完他的指示。

「……和我結婚吧，是嗎？」

昨天剛從他口中冒出的話語。

「我……對於這傢伙，到底是怎麼想的……？」

威廉緩緩地站起。

他輕輕地將自己的唇，重疊在持續沉睡的珂朵莉唇上。

滴答。從威廉眼中盈出的淚珠，有一顆掉在少女的臉頰上。

嘴唇離開。

金屬斷裂的刺耳聲響傳來。離這裡不遠的地方，似乎有入侵者進了艇內。

「……哈哈。」

威廉小聲地笑了出來，轉身背對珂朵莉。

雖然入侵者不懂得看氣氛，但他也覺得有些感激。與其在這裡繼續思考沒營養的事，這樣度過時間還像樣一點。

「抱歉。我去去就回來。」

威廉背對著珂朵莉留下這句，然後離開房間。

時鐘的指針指著十八點三十五分。

戰況當然是絕望的。

然而，對菈恩托露可來說，有兩件事讓她慶幸。

其一是來襲的〈第六獸〉數量多雖多，但每一隻的尺寸都不大。它們殺也殺不死。正確來說，它們會在死亡的瞬間分裂增生，將「死」推給其中一邊的自己——然後另一邊就會活下來。這套過程會反覆持續到每個個體的分裂極限次數為止。簡單來說，幸好在它們當中並沒有發現分裂極限超過十次的大型個體。若只有十次，單靠一名妖精也殺得盡。

其二則是菈恩托露可的身體格外輕盈。魔力催發起來順暢無比，傳導至劍（希斯特里亞）上。這種感覺讓她忘了狀況的嚴重度，甚至感到痛快。原因她明白。就是威廉·克梅修二等技官親手進行的那種「治療措施」。原本菈恩托露可曾懷疑對方只是想觸摸年輕的雌性體，才說得頗有一回事，看來她想錯了。對方確實厲害。包含人格方面……那個人是會讓她忍不住想戲弄的類型，令她有好感。珂朵莉會迷上那個人也不是無法理解。菈恩托露可倒不是連一絲絲都沒有想過：假如他不是人族多好。

「第！三！隻……！」

菈恩托露可對其中一頭〈獸〉使出致命一擊。

她立刻轉過翅膀，和貼在「車前草」船體上的〈獸〉群拉開距離。這些傢伙沒辦法任意在天空飛。只要自己像這樣用妖精之翼不停飛翔，就能常保某種程度上的戰術優勢。

而且「車前草」似乎逐漸抬升到足夠的高度了。那些想把彼此身體當成梯子爬上船的〈獸〉面臨極限，紛紛掉落到大地。

「好……」

這樣一來，敵方就不會再有來自地上的增援。接著只要收拾那些已經摸上船的傢伙就好。

菈恩托露可重新朝「車前草」放眼望去。

船體下半部有三分之一像跌落沼澤而成了水蛭的獵物那樣，受到〈第六獸〉密集包圍。其數量——雖然她不太願意直接面對，但總不能無視——粗略算來應該有一兩百。

「……不不不。粗略算來才不只一百吧，不只一百。」

她忍不住對自己的計算發牢騷。

就算每隻的分裂次數極限在常識範圍內，它們的個體數量根本就讓人絕望得沒什麼好說了。就算治好所謂的魔力中毒讓身體狀況恢復過來，立刻又接連應付這種大戰的話，八成不用多久就會倒。

即使多少具備有利的籌碼，戰況還是絕望到無藥可救。

時鐘的指針指著十八點三十八分。

高興吧，這裡是戰場。

威廉內心的某種聲音如此細語。

原本，那是身為勇者之人展現其勇武的地方。那是讓他們抵抗些什麼，消滅些什麼，然後贏得些什麼的地方。為了那一連串過程而出現，然後被消耗的空間。這裡有興奮，有榮譽，有悲劇，有幻想，有現實。

為了站在這地方，以前他追求過力量。因為無法站在這地方，他曾經受過苦。將重視的某人送來這地方讓他感到心痛。既然如此，現在這段時間應該是他長久以來想要的。這應該是讓心情沸騰且無比幸福的時間。

你一直都想那樣吧。你想痛擊敵人，贏得些什麼，並在痛楚中體會那種感覺吧？

「……嘖。」

威廉咂嘴，然後將近似妄想的雜念趕出腦海。他放低姿勢，衝過通路。

灰色物體突然從旁邊撲來，並且攔腰掃過。威廉將姿勢放得更低，等對方掠過頭頂。

整條通路都被劈斷了——不對，被敲斷了。簡直令人發噱的壓倒性質量及速度。鬼扯般的破壞力。彈簧、螺絲釘、銅板及鋼板，大小不同的金屬零件飛舞在半空。某人留在牆上的塗鴉掠過視野一隅飛走。上面寫著「願懸浮大陸群永遠和平」。

那東西滑溜地從牆壁的縫隙冒出蹤影。灰色的甲殼類。樣似堅固的甲殼與節足，和螃蟹有點相像。當然，真正的螃蟹才不會超過十隻腿，腳本身更不可能伸縮自如。

那模樣儼然就是怪物。實在明確好懂。

——這玩意兒就是所謂的〈十七獸〉啊。

威廉一再聽別人提起，親眼目睹倒是頭一次。

他原本以為會產生某種感慨，卻沒有什麼特別的情緒湧現。待在眼前的，只是具備壓倒性力量的異形敵人。如此而已。

——也許那就是人族淪落到最後的模樣。

那種可能性稍微動搖了威廉的心。稍微而已。

以往曾是人族？那又如何。目前這傢伙用怪物的模樣出現在這裡。而且，還對他們這些人張牙舞爪。那就是一切。那就夠了。

強風颼颼地從被摧毀的牆壁外面吹了進來。

〈獸〉將三條腿各往不同方向伸出。那些腿一邊將天花板、牆壁和地板攪爛，一邊逼近威廉想將他打成肉泥。

威廉緩緩放鬆架勢，用舞蹈般的步伐和〈獸〉拉近距離。西高曼德曲刀術傳下的初階步法。據說練到爐火純青就能讓身體化為蜃景，使一切融入空中的絕技，但缺乏才華的威廉只能用來當簡單的障眼法。而且，那就夠了。〈獸〉的行動正如其名，只像隻猛獸。只是力量過人，既無技巧也無術理。光是使出稍微混淆虛實的身法就能輕易鑽過所有攻擊。

威廉貼近〈獸〉身邊，來到能迎面感受氣息的距離。近距離所見的〈獸〉，在身體表面狀似有種奇妙的黏糊感。

（假如有毒就麻煩了。）

如此判斷，威廉揮出左拳。他的拳在半空搗中從天花板裂開砸下的一塊鐵板，直接讓鐵板砸在〈獸〉腿根部。當然沒造成傷害。傳聞連用槍砲集火也殺不了的對手，總不可能死在這種鱉腳拳法手下。

威廉放低腰桿。扭過腳踝。轉動肩膀。將所有吸入的空氣蓄於丹田。

一連串的動作接在一起，產生莫大的勁道，傳達到拳頭。

完全緊貼下的打擊。若由大師出手（姑且不論真偽），據說甚至能劈開高山，令瀑布逆流的招式。憑威廉這種火候未足的功夫當然辦不到那種把戲。充其量只能用拳頭稍微震退對手。

而且，能那樣當然就夠了。

〈獸〉被震退的後方牆上有大塊裂痕。那是剛才它伸腿造成的。而且，一旦被甩到半空中，這隻沒翅膀的〈獸〉就毫無手段回戰場。

在朱紅色的天空中，〈獸〉不出聲也不吼叫，靜靜地被灰色的大地吸納而去。威廉目送它墜落的模樣，然後才解除全身的架勢。

「……唔。」

這副半殘的身體逞強過頭了。全身疼痛。他忍不住板起面孔。

威廉用雙臂摟住自己，確認傷勢輕重。不要緊。骨頭沒斷，重要的肌肉或肌腱也沒斷。他還能動。還能戰鬥。

威廉尚能置身於這座戰場。他慘烈地笑。

「——令人吃驚。」

威廉一轉頭，就看見隨著狂風飄揚的藍色。

「喲，妳沒事啊？菈恩托露可。」

他試著露出傻笑。

「儘管不情願，我還是得說託你的福……不過，看來你並非平安無事呢。」

菈恩托露可帶著苦澀的臉色說。

「你太逞強了吧。帶著滿身的傷勢，雙手空空，連魔力都不催發就跟〈獸〉交戰，而且居然還贏了。這到底是什麼玩笑？」

「搞什麼，原來妳都看見啦，真難為情不是嗎？」

「現在不是裝蒜的時候了吧。你這人真令我傻眼——啊！」

威廉的意識突然中斷。他雙腿無力，身體差點倒向牆上開的洞。當威廉險些跟在〈獸〉後面飛到半空的前一刻，菈恩托露可伸手抓住了他的身體，並且摟著他一起倒在通路（原本有地板的位置）上。

「……抱歉。」他的意識立刻就恢復了。「剛才真的讓妳救了一命。」

「受不了。請你全心全意感謝我。站得起來嗎？」

威廉試著站起。不行。腿完全使不上力。

「拿你沒辦法，我們稍微休息一下吧。」

畢竟我也有點累了……菈恩托露可一邊這麼嘀咕，一邊稍微調整姿勢。

好似依偎在一起，還將威廉的頭捧在胸口的姿勢。

「唔……唔喂？」

威廉遲疑。該怎麼說呢？和平時總會把身體貼過來的奈芙蓮相比，他覺得菈恩托露可的身材比外表所見的還要——「你是不是在想下流的事情？」——妳別看透他人的心思。

「哈。誰會特地對小孩起反應。」

威廉嗤之以鼻，那兼有告誡自己的意味。

「是嗎。我就不追究你是認真那樣說，還是拜自制心所賜了，反正對目前來說是好事。」

菈恩托路可像是把威廉看透地說了這些，然後在臂彎裡稍微使勁。

威廉的耳朵被貼在稍有起伏的胸膛上。可以清楚聽見心跳聲。

「……脈搏亂糟糟的嘛。」

「雖然沒你那麼誇張，我在來這裡的過程中，也稍微逞強了些。」

魔力是利用心臟的力量來催發的。動用魔力發威的後勁，立刻會從心臟及血液循環的失調反應出來。像她這種像是隨時會暴斃的紊亂脈搏，肯定是不顧一切持續催發魔力導致的結果。

「能不能請你用那種詭異的手法立刻治好？」

辦不到。憑威廉只在戰場上學過皮毛的治療技術，並沒有直接治療心臟異常的高超能耐。他搖頭。

「你這個人意外地沒用呢。」

「……原來妳對我的期待大到會意外啊？」

「我並沒有那個意思。」菈恩托露可把話截斷想了一會兒。「……不對，或許有吧。雖然我既不信任也不信賴你，但內心某個地方或許還是在期待。」

她講了跟某隻蜥蜴類似的話。沒什麼好高興。

「妳掌握戰況了嗎，娜芙德和奈芙蓮平不平安？」

「敵人精確的數目不曉得，不過我猜差不多剩十隻左右。剛才遠遠看到娜芙德時是不要緊，但是她逞強的程度似乎和我差不多。奈芙蓮還沒看見人，不過我想恐怕是在船艙附近戰鬥。」

「是嗎。」

威廉稍加思索。戰況顯然很糟。妖精們的戰力強，要一對一對付這些似乎還算小隻的

〈獸〉不可能吃鱉。可是在數量上屈居劣勢的我方妖精無法隨意休息，戰鬥拖得越長就越不利。

「……那還是由我——」

「駁回。」

威廉講到一半的話立刻被打斷了。

「我什麼都還沒說耶。」

「因為你一副想出餿主意的表情。讓我猜猜看吧。反正遇到了打開妖精界之門也無法解決的問題，乾脆犧牲自己收拾一切。那就是讓損害控制在最小的處理方法——你是不是這樣想的？」

早叫妳別看透他人心思了。

「否則也無法解釋你怎麼會笑得那麼開心。」

…………

這樣啊。原來自己擺了那種表情嗎？

「從妳的立場來看，我不在不是比較安心嗎？」

「那我不否定。可是，讓自己的朋友成為別人自殺的藉口，心情也不會好受。」

珂朵莉醒不來。威廉採取了自我放棄的戰鬥方式。即使在他人眼裡，這兩點似乎也明顯地串在一起。

「哎，那是當然了。」

威廉將手掌擺到上半身已經坐起來的菈恩托露可頭上。被她一臉嫌棄地甩掉了。哎，也對。

「敵人的數目已經減少了。妳該稍微休息一下。我去看看船艙那裡。」

「這是命令嗎？」

「隨妳怎麼想。」

威廉回答完以後，便拔腿離開。

時鐘的指針指著十八點五十一分。

「嘎啊！」

挨中強烈一擊的娜芙德被打飛。她像球一樣地在牆壁和天花板之間反彈，還撞斷數根管線，滾到通路盡頭才總算停下。

「唔……」

透過魔力發動的防禦驚險趕上了。沒造成算得上傷勢的傷。可是，剛才的衝擊讓右臂麻得動不了。

「啊哈，哈哈……這下糟了。」

娜芙德望著緩緩接近的〈獸〉，並且用發抖的腳站起。

毫不休息地持續催發魔力，相當於用全力持續奔跑同樣長的一段時間。加上被迫連續不停戰鬥的時間，娜芙德轉眼間就面臨極限了。

但是她付出的那些值得了。敵人數量明顯有所減少。再過一陣，這場艱困的戰鬥就會結束。就可以結束。

結束，並且勝利——然後會變得如何？

時鐘的指針指著十八點五十九——

在船艙牆壁，層層交疊的鋼板上，開了大洞。

船體嚴重搖晃。

時鐘從牆上滑落。隨著小小的「匡啷」一聲，數字盤裂開。壞掉的時鐘，再也不會與時俱進。

奈芙蓮的身手，已經遲緩到從旁人看來也一眼能辨的地步了。

船艙有非戰鬥人員——也就是除妖精以外的所有人——正在避難。為了殺掉那些人，〈獸〉群接連聚集而來。娜芙蓮將它們攔住，並且驅離。

她的這場仗，是停下腳步的持久戰。

現場所有要素都對奈芙蓮不利。嬌小的她缺乏持久力，而且她也沒有足以在多對一戰鬥中長保專注的經驗。封閉空間成了主戰場，她更無法發揮嬌小身材或翅膀帶來的機動性。名為印薩尼亞的劍大而沉重，在攻擊距離上卻遜於〈獸〉群的觸腕。想取敵性命，每次都得消耗體力與集中力並將全身豁出去。

奈芙蓮的身手隨時間經過而逐漸失去俐落，〈獸〉群的數量及攻勢加劇。戰場節節後退，被迫來到船艙當中。這時候——

「不會飛的傢伙找身旁的東西抓緊——！」

人在操舵室的葛力克隔著傳聲管大喊，然後一邊扳下好幾支飛航控制桿，一邊強行打舵。船體被迫做出勉強的舉動而高聲哀號。船頭被拉起。船尾朝下。

追趕生存者而聚集到船艙的〈第六獸〉們無聲地沿地板滑落。奈芙蓮配合它們的動作，用劍劈開了船艙的大型運貨出入口。堆放在船艙的各種貨物，回程糧食與地上得來的戰利品之類紛紛被拋到虛空。〈獸〉群各自讓觸腕變形，想穿透地板或牆面抓穩船身，卻被滑下的木箱推擠而接連墜落大地。

有墜落的〈獸〉讓身體一分為二。隨後，其中一隻將另一隻當成了墊腳台凌空躍起。它伸長爪子，想抓住態勢大亂的奈芙蓮。

「休想！」

其中一名船員將卡在樑上的油桶砸了過去。原本頂多只是想用來牽制的木桶，剛好將〈獸〉砸個正著，還讓低黏性的食用油濺到四周。理應會貫穿奈芙蓮腹部的爪子因而失準，只輕輕敲中少女的後腦杓。〈獸〉改變觸腕的形式，打算改用長滿尖刺的甲殼類爪子抓住地板。不過，被油沾得濕滑的地板不願承受〈獸〉的體重。那隻〈獸〉很快就像其他同伴一樣，被拋到藍天去了。船員們發出歡呼。

「辛苦啦，小姑娘！」

有人對奈芙蓮投以慰勞之語。就在那一瞬——

滑動。

奈芙蓮的身子，沿著依然傾斜的地板開始滑落。

她早就超出極限了。奮戰至今只靠氣力。最後承受到〈獸〉的一擊，還有暫且守住這個船艙的安心感，將那絲氣力也斬斷了。

「小姑娘！」

有幾名船員慘叫似的喊。奈芙蓮用朦朧的眼睛仰望，她看見當中的幾名船員正想沿著地板爬過來。

「……你們，不可以過來。」

身體熱得像在燃燒。同時，也像冰一樣冷透。

奈芙蓮將魔力催發過頭了。她不顧一切地過度濫用要背對生存、接近死亡才能發揮的力量。既然如此，之後等著她的命運就只有一種。

失控。而且，狂亂的力場將會炸飛周圍一切。顯現的破壞力具壓倒性及絕對性，甚至能讓大型的〈深潛的第六獸〉輕易回歸虛無。

「妳等著，我現在就過去！」

蛙面族（Frogger）船員一邊用黏黏的指頭貼住地板，一邊向奈芙蓮逐步靠近。

這樣下去不行。自己不能被他們救。這股意念，讓奈芙蓮稍微動了身體。

「小姑娘！」

她輕輕蹬地。

奈芙蓮主動投身於通往大地的天空，摔了下去。

†

威廉在視野一隅，從裂開的外牆外側看見了奈芙蓮昏迷墜落的身影。

「什……」

他的腦袋變得一片空白。接著在下個瞬間，他已經跳進呼嘯翻騰的狂風當中。

威廉硬是睜開叫痛的眼睛，追尋奈芙蓮的蹤影。奈芙蓮放開了印薩尼亞，動彈不得地倒頭一路往下墜。

而且在奈芙蓮周圍，還有疑似早一步從飛空艇摔落的〈獸〉群飄在空中，動作生硬地想要靠近她。

別開玩笑了。

一個念頭，讓威廉在各方面下了斷念的決心。

鶯贊崩疾的應用。他腳蹬虛空，撲向印薩尼亞的劍柄，然後催發魔力，硬是咬牙忍住全身湧上的劇痛，想透過劍柄喚醒聖劍。辦不到。威廉．克梅修並無使用高階聖劍的才華。

他並不失望。因為他從最初就知道那一點。

威廉反抗暴風般的空氣阻力，將左手伸進劍身之中。

「調整——開始——！」

印薩尼亞的劍身裂開。裂痕擴散，光芒從縫隙間盈現。

在那樣的狀況下，威廉用指尖將位於印薩尼亞核心的水晶片夾住，直接把那強行抽出。咒力線紛紛斷開。無法讓力量循環的脊髓迴路承受不了自身的內壓而開始發熱。

聖劍印薩尼亞已經沒了。目前在這裡的，只是一股過去曾為聖劍的狂猛力量。

「你們這些傢伙——」

想對奈芙蓮不利的〈獸〉共有十三隻。

而且，再過不到幾秒，威廉他們應該就會在大地上摔死。

「不准靠近她——！」

第二次的鶯贊崩疾，接上龍爛劫鼎。威廉發出猛獸般的咆嘯，朝〈獸〉群直撲而去。

4. 世上最幸福的少女

少女回神時，人站在昏暗的廢墟當中。

而且，有個似曾相識的小孩，帶著快哭的表情站在她眼前。

——怎麼了，**艾陸可**？

少女的記憶模糊歸模糊，還是勉強想起了那個名字。

你夢見悲傷的事了嗎？

艾陸可的身體打了哆嗦。

『……**珂朵莉**……』

艾陸可看向少女，低聲叫了某個人的名字。那是誰的名字？少女覺得耳熟，她想了想。

啊，對了。那是「我」的名字。**少女**抱著與某個懷念的人重逢似的心情，接納了那個名字。重新聽一遍，會覺得那是個怪名字。難記又難講，更重要的是不太可愛。

『對不起。』

為什麼要道歉呢？

『我知道會變成這樣。會發生許多難過的事情。』

啊，還以為是什麼呢。那不要緊喔。

我反而要道謝才行。多虧你──**多虧你閉上眼睛**的關係，我才能遵守約定。我回到了想回去的地方。

雖然我不想失去的東西──好像失去了不少。

『……**珂朵莉**。』

我有件事要拜託你。

這肯定是我最後的心願。

『可是……』

我沒辦法清楚想起來，但是，我應該有個想幫助的人。

而且，我還有想傳達給他的想法。所以──

『無論如何？』

無論如何。

『**珂朵莉**，這次妳真的會消失喔？』

反正，我現在幾乎也等於消失了。

何況——我終於明白了。「我」本來就是那樣的存在吧？

那就是我被瑟尼歐里斯選上的真正理由，對不對？

『…………』

我全都明白。就是明白，才會拜託你。

求求你——讓我回去那裡，再一次就好。

†

——她起來了。

有著長長紅髮的少女從床上起身。

「呃……」

這裡是什麼地方，我是什麼人？

腦海裡像蒙上了迷霧，不對，像被塗上了泥巴，她什麼也想不起來。

「隆」的一聲，世界搖晃了。從某個遙遠的地方，還傳來金屬相互碰撞般的劇烈聲響。

這裡是戰場或什麼來著嗎？少女茫然地思考。

她找到門，徬徨地出了房間。來到狹窄的通路。

少女漫無目的地在四周遊蕩。不久，她來到視野格外開闊的地方。牆壁幾乎都被扒開了，在外面，可以看見開始染上夕色的整片藍天。

藍色經過淡紫，逐漸被紅色掩蓋。

「珂朵莉……？」

少女聽見驚呼似的聲音，轉了頭。

在髒兮兮的通路上，有個少女豪邁地張開雙手雙腳倒在地上。她燃起的魔力似乎相當猛烈，即使如此，全身所負的傷勢仍讓她無法動彈。

「妳白痴啊，這裡很危險……既然妳醒了，就趕快找地方躲起來。」

大概是熟人吧，紅髮少女心想。

對方似乎認識她。可是，她卻完全想不起對方是誰。心裡所缺的那一角，早就消失不見了。

有更重要的事。在牆上所開的大洞外面，整片藍與紅的天空中。

看得見有個彷彿隨時要消失的人影。

「啊。」

她想起來了。是他。雖然連名字都想不起來，不過那應該是非常重要的人。

不知怎的，她覺得那似乎是個會把不必要的苦頭都攬在自己身上的人。呃，可是就算那樣，為什麼他會在那種地方當自由落體呢？他應該不屬於背後長有翅膀的生物，就那樣摔到地上不是會死嗎？

「唉，真沒辦法。」

她吆喝一聲，跨過牆壁殘骸，打算跟著跳下去——在那之前。有把合用的劍正好掉在旁邊，她便撿起來。劍柄上所刻的名稱為「狄斯佩拉提歐」。原來如此，「斷絕的希望（狄斯佩拉提歐）」，玄虛味十足的名字。

「住手，妳別去。」

仍倒在地上的少女呻吟似的說。

「別再作戰了。別犧牲。妳該貢獻的戰力，有我們補上。所以，妳——」

她大概是傷到了肺臟，話說到這裡便猛咳。

「——既然妳不用戰鬥了，就別上場戰鬥。既然妳可以得到幸福，就要讓自己幸福。

否則，我們幾個，沒辦法接受。」

應該是過度催發魔力，使她意識模糊了。她將有些游移不定的目光轉向這裡，拚命地朝紅髮少女訴說。

「對不起。我已經絕對無法獲得幸福了。」

紅髮少女朝狄斯佩拉提歐灌注微薄的魔力。彷彿原本就屬於她身體的一部分，力量一下子就融入劍身。

「因為我發現，我早就是幸福的了。」

她露齒一笑——

然後，少女便投身於無處立足的天空當中。

頭髮令人煩躁地隨風翻飛。

用不著特地催發，全身的魔力已經滿得不能再滿。

『著火掉下來的許多書本』『游於火中之蛇』『缺角塌陷的銀月』

硄啷。硄啷。心靈的碎片隨幻聽逐步瓦解。

又一片。又一片。

『橫渡群星之船』『成排棺材』『破裂的天棚』

硄啷。硄啷。硄啷。

許多記憶逐漸脫離腦海。快樂的事，還有痛苦的事都一樣。可以實際體會到自己的心越來越接近白紙。可是——

『加油』

她的嘴邊，自然而然地浮現了笑容。

†

沒有將空驅術的絕技修練到最後，讓威廉打從心裡懊悔。不，當然就算經過修練，缺乏才華的自己能不能得到成果仍值得懷疑，但是那碼歸那碼，「或許有希望」的想法怎麼也無法抹去。

威廉將失去意識的奈芙蓮抱到身邊，暫且甩開了周圍的〈獸〉群。接著，他將本身所能催發的魔力提高到極限，讓魔力代他們承受墜落造成的大半衝擊。即使如此，足以令威廉粉身碎骨仍有餘的衝擊還是侵襲了他的全身。

威廉抱著奈芙蓮在灰色沙子上不停打滾。摩擦的沙粒刮破皮膚，使得裸露在外的血肉進一步受創。

「唔啊……呼……！」

翻滾停住了。他將空氣及血團一起從摔爛的肺臟吐出。

威廉全身上下都麻痺了。也許他反而要慶幸。假如沒有麻痺——假如痛覺正常運作，他恐怕就沒辦法保有神智。現在的他，懷著足以令人失心瘋的傷勢。

（——不妙。）

這早就超越拚死豁命的階段了。他恐怕——再也無法動了。可是，危機根本沒有離去。在墜落途中沒能收拾掉的那些〈獸〉，正緩緩從周圍的沙丘起身。他還曉得，從飛空艇起飛時就被留在地面的〈獸群〉，正無聲無息地從沙漠的另一端和他們拉近距離。數量大概不下一百隻。

（沒有嗎，就沒有什麼法子嗎？）

威廉緊抓住似乎隨時要失去的意識，名符其實地拚了命動腦。可是，卻想不出任何活路。想一百種手段就有一百種結論，想一千種手段就有一千種結論，全都告訴他必死無疑。

（別開玩笑了！）

威廉咬緊已經斷了一半的牙齒。

（我不能——不能放棄她們，還有她們的未來——）

『所以，你才說自己要永遠留在旁邊保護她，是吧？』

師父賊笑的表情突然浮現於腦海。

囉嗦，給我閉嘴，現在不是回憶你的時候。威廉心裡是這麼想，卻無法輕易讓師父的形象消失。

『唉——高興吧，準勇者。你一輩子也當不上正規勇者。』

……這麼說來，威廉當時只有隨耳聽聽，不過那句話是什麼意思？要成為正規勇者，必須有特殊的背景。比如家世、成長環境和宿命，威廉很清楚自己跟那些都沒有緣分。然而，為什麼師父在那個時候，要特地對他說那種話？

（——那種事情，現在根本無所謂吧！）

有一隻〈獸〉逼近威廉眼前。他想應戰，卻連一根指頭也動不了。

已經完了嗎？

認命的念頭在心中微微發芽。從那一刻起，意識便急速淡出。

抱歉，奈芙蓮。沒能將妳保護好。

對不起，珂朵莉。沒能讓妳幸福。

還有，還有——

意識澈底被黑暗吞沒的片刻前。

似乎有人降落在他們的旁邊——威廉有那種感覺。

5. 夢的結束

宛如在夢中游泳。

無可奈何的焦躁感糾纏著手腳。

被無窮拖長的時間。逐步加速的意識。

每次揮動右臂，就會喪失兩項東西。

有隻〈獸〉被熊熊燃燒的魔力洪流吞沒，然後蒸發。

少女心中勉強還留存著的「珂朵莉」，隨著硄啷硄啷的些微幻聽，一點一點地消去。

（——啊——）

她應該有不想失去的回憶。

那是什麼回憶，她已經記不起了。

她應該有不想放棄的未來。

但對於未來本身，她已經無法想像。

一切的一切都沒了。

手已被放開。

她不後悔。她覺得並不後悔。大概，不太確定。能用來判斷那些的記憶，已經不存在她心中。

就那樣過了多久呢？

原本以為不會結束的戰鬥，卻還是迎來結尾了。

被斬斷，被敲爛，被燒光的〈獸〉，數量共計七百一十五隻。

那就是全部了。

少女發覺周圍沒有〈獸〉以後，才總算停下動作。

風停了。

燃燒似的紅髮返照著月光，微微散發出光芒。

——有人倒在地上。

那是誰呢？少女心想。

她費力地轉頭，看向那邊。

夜色中，有個黑髮青年將一名少女摟在懷裡，昏倒在地上。

「啊……」

她抬起臉，想說些什麼。可是，在先前戰鬥中反覆胡亂地換氣的喉嚨早就毀了，何況她也不曉得該說些什麼。

青年一副隨時要哭出來的臉。不知怎的，那令她莫名地傷心。

這個人是誰呢？

對少女來說，肯定是個非常重要的人才對。

她卻想不起來。

連失落感都沒有。

——真希望這個人能笑，少女心想。

她希望他可以「咯咯咯」地露出壞心眼的笑容。

然而，少女同時也希望他哭。

但願這個人對自己懷有的感情，會讓他為了變成空殼的她哭泣。她好狠心。真的，好狠心。

青年的眼睛微微睜開，他似乎看了她這邊。少女打從心底欣喜。現在還能告訴他。在這顆已經喪失一切的心裡，連自己是誰都已經迷失，卻依然殘留著的最後心願。

無論如何，她都希望在完全喪失自己以前，能先告訴他的一句話。

謝謝你。

少女設法用唇形如此表達。

最後，她傾注全心全意，露出笑容。

於是，少女的意識，這次真的完全消滅了。

損害報告厚到能出一本書。

†

這也難怪。大型飛空艇這種東西的資產價值，不僅止於區區的複雜機械。可飛哪條航道，可在哪個港灣區塊靠岸之類的權利細項，同樣得花上大把金錢。再說，考慮到要降落在大地，非購入不可的權利就算用雙手雙腳的指頭也數不完（還有，這是以每手每腳各有五根指頭，手腳各有兩條的種族來假設）。

另一方面，妖精倉庫收到的聯絡就相當單純。

據傳，在高度零地帶K96—MAL遺跡地區突發的戰鬥中，威廉·克梅修二等技官及其祕書官都失蹤（Lost）了。

此外，以下的裝備也在戰鬥中喪失了。

遺跡兵器「印薩尼亞」。

遺跡兵器「狄斯佩拉提歐」。

遺跡兵器適用者「妖精兵奈芙蓮・盧可・印薩尼亞」。

由於克梅修二等技官並無家人，撫卹金將會按照他生前的要求，充作其職場奧爾蘭多第四倉庫的營運經費——

「如今已是遙遠的夢── B’」

-la chanteuse-

這是離現在稍久以前的事。

在有個少女年紀尚小，才剛誕生的時候。

九十四號懸浮島郊外，陰暗森林的深處。那個少女在生苔的古老石碑前哭泣著。她持續不停地哇哇大哭，音量好似能響徹整片森林。

她感到傷心。雖然完全不明白原因，深不見底的失落感仍接連從心坎中湧現不止。

「哭聲好誇張！」

有個在附近剛結束戰鬥的妖精兵一邊笑，一邊摀住雙耳。

「前世的情緒保留得有夠明顯！肯定是個率直的孩子！」

另外一個妖精兵也摀著耳朵回話。

「意思是腦袋單純又死心眼嗎！」

「也可以那樣說！」

兩人朝彼此望了一眼，然後接近少女。

她們配合少女視線的高度稍微蹲下，溫柔地開口：

「妳好啊。心情如何呢？」

嗚哇啊啊啊啊啊。

「……都沒聽我講話。」

「當然聽不進去吧，受不了妳。」

這種時候要怎麼辦嘛──其中一個妖精兵硬是把少女抱緊。無論什麼樣的小孩，要哭都必須呼吸。而且在被人用胸口貼著臉的狀態下，呼吸便無法順暢。少女立刻就停止哭泣，用手腳撲騰掙扎以後，她忽然停下來變安靜了。

「好，完工。」

「……她沒有死掉吧？」

「只是哭累睡著了而已，妳看。」

重新豎耳聆聽，可以聽見和先前哭聲比都不能比的小小打呼聲。風吹過，森林微微地鼓譟。

「──小不點，歡迎妳來到這個即將結束而又忙碌，可是卻毫無救贖的世界。」

「妳的詞聽起來不像在歡迎。」

「行啦行啦，教小朋友認識現實是前輩的義務兼權利。」

「狠心的學姊。」

「也是啦。」

兩人一邊拌嘴，一邊探頭看著少女呼呼大睡的臉。

「不知道她正在作什麼夢。」妖精兵用指頭戳了戳少女軟嫩的臉頰。

「誰曉得。那就只有她本人才知道了。」

「啊。剛才，這孩子稍微笑了耶。是幸福的夢嗎？」

「希望是那樣嘍。」

†

妖精倉庫接到聯絡以後，過了半個月。

有人哭叫，有人表面上平靜，有人心生動搖，有人呆愣，有人去獵熊而消失蹤影——

每個人花了半個月整理各自的心情。

「喝啊！」

接近黃昏時分的妖精倉庫操場。緹亞忒・席巴・伊格納雷歐一邊發出氣勢雄厚的吆喝聲，一邊專心地獨自練跑。

「再怎麼逞強，也沒有那麼容易就能得到成果喔。」

她不朝傻眼的艾瑟雅回頭，只想盡可能多跑一步，再一步，一心一意只顧著練跑。在她胸口，有目前對她來說仍稍微大了點的銀色胸針搖晃著。

「真是努力耶。」

艾瑟雅轉頭向走近的妮戈蘭回話：

「雖然她對自己的期許好像太高了一點。」

後來，妮戈蘭把頭髮剪短了。

她對吱吱喳喳地問著為什麼的小不點們含糊地回答自己想「換個心情」，但當然不可能是那麼回事。她讓剪掉的頭髮從港灣區塊隨風飄去，灑落到大地。在食人鬼的古老習俗中，互相吃下彼此肉體的一部分，據說是用來將彼此心靈永遠繫在一塊的儀式。

「她還沒有接受珂朵莉已經不在的事實。所以才會像那樣，拚命想讓自己盡量多接近珂朵莉一點。」

「好懷念呢。以前珂朵莉也是那樣。」妮戈蘭空靈地微笑。「像自己姊姊一樣的妖精不在了，她就把那種感傷當成動力，變得非常厲害。」

「於是，今天世界仍照樣在運作……嗎？」

艾瑟雅隨口拋下一句，然後躺倒在地上。

「娜芙德她們是下週出院吧。要不要辦派對迎接？」

「也對。回不來的孩子們雖令人傷心，回得來的孩子們還是要好好迎接才行。」

「真是成熟穩重耶……」

艾瑟雅甩了甩腿，直直地望向高遠的天際。

「……我是不是也該效法那種處事的態度才可以呢？」

眼角微微泛著光的她如此低語。

「我不——能接受。」

娜芙德張腿坐在白色床單上，還用自己的腿拄著手肘托腮，嘴裡直發牢騷。

從大地的戰鬥中生還的娜芙德和菈恩托露可，經由飛空艇乘務員們的手送進了其他懸浮島上的施療院。全身所受的傷勢，以及過度催發魔力導致的生命力衰竭，使得她們度過了幾天任何時候喪命都不奇怪的狀況。直到前些日子，才終於可以起身講話。

「什麼叫『早就是幸福的了』。她以為那樣說就能讓人接受嗎，漂亮地犧牲就可喜可賀了嗎？可喜可賀個頭啦，白痴！」

「娜芙德，妳好吵。」

菈恩托露可一邊翻閱當地的報紙，一邊冷冷說道。

「幸福這種東西，只有當事人自己看得見，別人不會懂的。要認定或否認他人的幸福，只會淪為愚蠢的任性而已喔。」

抱歉喔，我就是笨蛋啦——娜芙德大吵大鬧。

「……即使如此——」

能讓人幸福或獲得幸福的人，肯定往往是那種愚蠢又任性的傢伙吧——菈恩托露可心想。她沒說出這段話，只是垂下目光。

菈恩托露可不太喜歡珂朵莉。然而，她也沒有那麼討厭她。因此。

只要珂朵莉在最後，真的像她所說的那樣幸福。

那不就是如願以償的結局了嗎——菈恩托露可認為也可以這麼想。

冬天的天空高遠無涯。
陽光西沉，群星取代消失的藍天，開始靜靜地散發光輝。

†

——或者說，假如要把那當成一個故事的完結。

†

那是在某個人的夢裡。
現實中不可能如此，充滿幻覺的世界。

挑逗鼻尖的懷念香味。加了堅果剛烤好的麵包。炒蛋。爽脆沙拉。現搾的柳橙汁。
那是早上理所當然會聞到的香味。
深植在連鄉愁都無從擁抱的這副身軀中的，象徵著一日之始的香味。

「唔……」

威廉輕輕扭身。

「啊，你終於醒啦？」

拖鞋鞋底「噠噠噠噠」地蹬在地板上的小小聲響。這陣一如往常的腳步聲，同樣讓威廉感到耳熟無比。

他緩緩地睜開眼睛。看得見天花板。粉刷已經褪色。

「這裡是——」

酷似威廉懷念的地方。和他想回去的那個地方十分相像。

喜悅一陣一陣地從心底湧上。可是他的心裡依然有某個聲音強烈地否定那種喜悅。不可能有這種事。沒道理會這樣。

「愛爾梅莉亞。」

「嗯～？」

威廉一叫名字，對方就應聲了。他的腦袋仍昏昏沉沉。

「原來我睡著了嗎？」

「你好像有發出一點呻吟聲就是了。作惡夢了嗎？」

建築物裡到處有小小的動靜。早晨的香味平等地撲向住在養育院的所有人。很快地，孩子們就會一個個離開房間出現在樓下吧。

威廉之前是在作夢，是那樣嗎？

倘若如此，那個夢真像現實。在夢裡，他有好幾次差點喪命。他失去了許多，又得到了許多，然後又失去了那些。他曾悲傷得連眼淚都流不出，也曾幸福得連笑容都露不出。

然而，就算夢再怎麼耀眼，終究只是夢。遲早要醒。那會溶在晨光裡，然後遭到遺忘。這段肯定珍貴過的記憶，立刻就會沉澱到心底深處，變得再也想不起來吧。

那樣不就好了嗎？有人在內心如此細語。全都忘了吧。

「——那怎麼行。」

威廉靠依然昏沉的理性甩開那陣誘惑。

洗把臉，讓意識清醒好了。他如此心想，從沙發上起身。

有個嬌小少女從威廉的肚子上滾落。

「……好痛。」

灰髮少女用了平淡的嗓音抗議，並且坐到地板上。
她一邊揉眼睛，一邊轉頭環顧四周。
「奇怪，這裡是哪裡……我為什麼在這？」
威廉認得那個少女。他記得。他想起來了。奈芙蓮．盧可．印薩尼亞。黃金妖精。妖精倉庫的居民。懸浮大陸群的守護者之一。
「…………啊。」
蓋子掀開了。回想起一項以後，剩下的就快了。像使勁抽出繩子那樣，其他的所有記憶也都一股腦地跟著在腦海裡甦醒。威廉對嚴重的混亂有所自覺，同時——
「奈芙蓮……？」
在五百年前的大地上，對方理應還不在。
他叫了那個不應存在的少女的名字。
——假如威廉再冷靜一點，應該立刻就會察覺。
他會察覺驚慌失措的自己胸口前，有塊小小的金屬片正在發出些微光芒。
那是「言語理解」的護符。據說能透過言語當媒介傳達意念的古代（？）祕寶之一。

一旦啟動就不需要重新催發魔力。無關使用者的意思，它會將所有聽進耳朵的話語轉換成意念。威廉在懸浮大陸群醒來以後，立刻替當時完全聽不懂大陸公用語的他挑起生活大梁的那東西，現在又開始幹活了。

威廉．克梅修再怎麼說都是身經百戰的勇士。原本的他應該會立刻察覺才對。察覺護符的光代表什麼。察覺自己目前所見的世界是怎麼一回事。他應該會看穿一切的。可是，在這當下。

「嗯……奇怪？」

無論是奈芙蓮不解地環顧四周發出的疑問聲。

「爸爸，怎麼了嗎，爸爸？」

或者是愛爾梅莉亞「噠噠噠噠」地湊過來的腳步聲，他都聽不進去。

威廉什麼都看不見，什麼都無法思考。

在既非夢境亦非現實，僅有一片全白的世界中——

他只能遠遠地感覺到，眼淚流過臉頰的熱度。

後記／當然是後記

我喜歡能讓人恍然大悟的故事。

我喜歡在回去從頭讀起時，可以讓人伸手拍在額頭上驚嘆「原來這裡有那種含意啊！」的故事。一本書能享受好幾次，性價比不錯。因此，我也希望自己所寫的系列故事能讓讀者用那種方式來享受。

好久不見，我是枯野。

……所以說呢，故事繼續出了！總之故事繼續出到這裡了！雖然我也覺得情節斷在很過分的地方，不過那在某方面來說和往常一樣（過分）！

在此為大家奉上上集後記中曾提到「不知道能不能奉上」的《末日時（略）》第三集。

哎，坦白講，有件現實的事情只能在這裡透露，這部系列一度決定不能繼續出下去。

我本來還茫然地想著下次要不要轉換路線，寫個徹底開朗的故事。能夠從那種困境撐到這次的第三集，全是託願意賞臉奉陪到上集為止的各位讀者的福。鄭重感謝大家！

話說，其實我之前並不是那麼喜歡奶油蛋糕這玩意兒。

大概是過去的少年時期，我曾經在寄宿家庭嚐過難吃到不行的奶油蛋糕所致。廉價奶油的黏膩感都留在舌頭，份量又亂多一把，提供寄宿的阿姨還一臉笑瞇瞇地望著我，我便泛著些微淚光吃下去了。吃個精光。從那以後，我就對奶油蛋糕實在不敢領教。

不過到了開始寫這次故事的階段，我認為「機會難得」而到附近買了奶油蛋糕回來。還一邊大口嚼著那玩意兒，一邊寫出開頭的劇情，實在好吃。好吃得讓我亮著眼睛執筆。

哎，奶油蛋糕真棒。寫完這篇後記再去買來吃好了。

下次，過去和現在和未來將全部匯合，他的故事，她的故事，還有她們的故事，將在故事中各自迎向一個結尾——希望如此。

二〇一五年夏

枯野 瑛

國家圖書館出版品預行編目(CIP)資料

末日時在做什麼？有沒有空？可以來拯救嗎？/ 枯野瑛作；鄭人彥譯. -- 初版. -- 臺北市：臺灣角川, 2016.05-

冊； 公分

譯自：終末なにしてますか？忙しいですか？救ってもらっていいですか？

ISBN 978-986-473-045-2(第1冊：平裝). --
ISBN 978-986-473-228-9(第2冊：平裝)). --
ISBN 978-986-473-448-1(第3冊：平裝)

861.57 105003099

Kadokawa
Fantastic
Novels

末日時在做什麼？有沒有空？可以來拯救嗎？ 3

（原著名：終末なにしてますか？忙しいですか？救ってもらっていいですか？ 3）

2016年12月27日 初版第1刷發行
2024年7月3日 初版第15刷發行

作者：枯野瑛
插畫：ue
譯者：鄭人彥

發行人：台灣角川股份有限公司
總監：呂慧君
總編輯：蔡佩芬
主編：林秀儒
編輯：彭曉凡
設計指導：陳晞叡
美術設計：李思穎
印務：李明修（主任）、張加恩（主任）、張凱棋、潘尚琪

發行所：台灣角川股份有限公司
地址：104台北市中山區松江路223號3樓
電話：（02）2515-3000
傳真：（02）2515-0033
網址：www.kadokawa.com.tw
劃撥帳戶：台灣角川股份有限公司
劃撥帳號：19487412
法律顧問：有澤法律事務所
製版：巨茂科技印刷有限公司
ISBN：978-986-473-448-1